世界文学名著青少版·励志经典

山月桂

〔美〕瑞雪尔·菲尔德　著

刘蕴芳　改写

上海文艺出版社

图书在版编目(CIP)数据

山月桂/(美)菲尔德著;刘蕴芳改写. —上海:
上海文艺出版社,2012
(世界文学名著青少版·励志经典)
ISBN 978-7-5321-4585-0

Ⅰ.①山… Ⅱ.①菲… ②刘… Ⅲ.①儿童文学-长
篇小说-美国-现代-缩写 Ⅳ.①I712.84

中国版本图书馆 CIP 数据核字(2012)第 222867 号

丛书策划:黄育海　陈　征
项目统筹:姜逸青　韩伟国
　　　　　徐如麒　尚　飞
责任编辑:秦　静
选题策划:徐曙蕾
封面设计:董红红
版式设计:高静芳

山月桂
〔美〕瑞雪尔·菲尔德　著
刘蕴芳　改写
上海文艺出版社出版、发行
地址:上海绍兴路74号
电子信箱:cslcm@public1.sta.net.cn
网址:www.slcm.com
新华书店经销　山东德州新华印务有限责任公司印刷
开本 890×1240　1/32　印张 7　字数 120,000
2012 年 11 月第 1 版　2012 年 11 月第 1 次印刷
ISBN 978-7-5321-4585-0/I·3570　定价:18.00 元

让经典阅读进入语文教育和家庭教育

◎钱理群

北京大学教授

什么叫语文教育？就是爱读书、爱写作、爱思考的老师们带领着一批爱读书、爱写作、爱思考的学生一起读书、写作、思考，并在这一过程中享受快乐，来感受到人生生命的意义和价值。我觉得这就是语文教育，就是读、写和思考——所以，"阅读"在教育中具有特殊的重要性。

通过读书，青少年从原来一个本能的人变成一个文化人，由一个自在的人变为一个自为的人，人的成长就是通过读书来成长的。作为学校教育的阅读，不同于社会教育阅读，有一个很重要的特点——"经典阅读"。我经常讲一句话，我们要把整个民族和人类最美好的精神食品给我们孩子，这个精神食品就指经典。因为经典是人类文明的结晶，让孩子从小接触经典，也就是让他站在巨人肩膀上，站在人类精神高地上，对他一辈子发展至关重要。

现在的阅读，特别是经典阅读，某种程度上是陷入困境的。经典阅读其实遇到两方面挑战，一方面是应试教育挑战，另一方面是网络的挑战。网络阅读当然有它的意义和价值，我们不否认。但是网络阅读有两个弱点：第一个弱点，它的阅读是"非个性"的，是一个群体的阅读，是炒作的阅读；另外一个弱点是不能进行深度阅读。而"个性化阅读"和"深度阅读"是经典的特点。所以我们强调阅读经典，既是教育本质所决定，也是当下中国教育所存在的问题决定我们必须要经典阅读。

经典阅读分两类，首先是阅读原典。但是青少年阅读原典有一定困难，而且还有时间问题，因此经典的改写就有非常大的意义——它是一个桥梁，是一个引路人，当然这个"引路人"必须是高手。

这些年我提倡经典，跟许多老师讨论过现在孩子阅读经典适合的时间段：小学五年级、六年级，初中一年级、二年级，孩子有四年时间。因为三四年级太小了，到初三要应试了。这是一段珍贵的时间。而且根据我的接触，在这四个年级里面的老师有很高的积极性，他们毕竟离应试教育有一点点距离，因此有这么一种可能性来推动学生阅读。所以我希望家长、教师都能抓住这段时间，挑选名家改写的经典读本，让孩子能够亲近名著，让经典阅读进入语文教育和家庭教育。

序

嶙峋地上的小花

　　瑞雪尔·菲尔德(一八九四～一九四二)在她还不识字以前就常要妈妈念"真正的书"(注意喔！是真正的、文字很多的那种书,而不是小孩看的图画书)给她听。她的头脑就像摄影机那样,可以把所有的经验巨细靡遗地保留在记忆里;或许这就是造就她成为"描绘高手"的原因吧！

　　她的作品屡获好评,其中《木头娃娃百年传奇》获得纽伯瑞金牌奖,本书《山月桂》亦获得纽伯瑞银牌奖的肯定。

　　瑞雪尔·菲尔德初次造访缅因州时,才十五岁,比书中的玛格丽特大了三岁。大环境给她的强烈感觉使她深深爱上那个地方。那里的冬天漫长而严寒,春天则姗姗来迟,却又总在人们快耐不住性子时,突然令人眼睛一亮,就如书中所说,"几乎像是一夜之间光秃秃的土地就转成翠绿……"

　　虽然玛格丽特在法国受过良好的教育,却因命运捉弄,不得不屈就在一个英国家庭帮佣,接着又跟随这家人到遥远的新大陆拓荒。所幸她从来不自怨自艾,她把内心里的自己与那个为人帮佣的"玛吉"划分得很清楚,在诚恳的待人处世中,她获得了别人的尊重和友谊,也从孩子们对她的信任中,获得极大的安慰。和她相处过的人都难忘她安静的自持和充满服务的尊严。

《山月桂》的书名是源于一种灌木山月桂,它会开出粉红色的小花,玛格丽特在嶙峋的海岸边第一次看到它从每一个缝隙迸出来时,深深为之感动。她适应新生活,就像山月桂适应崎岖的土地,坚韧又充满生命力。那首歌颂山月桂的民谣,同她的法国歌曲一样被她珍藏起来,为她艰辛的生活增添一层温柔的调子。

《山月桂》出版以来已届七十年,这期间里不知出现了多少有关拓荒的故事,但是《山月桂》仍然脱颖而出,几近完美地描述了一则关于勇气、理解及美感的故事。

山月桂

※ 玛格丽特·勒杜

　　被卖到英国家庭帮佣的法国女孩，主人替她取名玛吉。她随着主人一家移民美国，并勇敢地协助主人度过许多难关，主人为感谢她，提早还她自由，但她依然选择留下。

※ 凯利柏·萨吉特

　　萨吉特家的长子，年龄和玛格丽特差不多，喜欢嘲弄玛格丽特，经过许多惊险的事件后，终于改变对待玛格丽特的态度。

❋ 乔伊·萨吉特

萨吉特家的男主人,花了毕生积蓄却买下一座印第安人作为祭典用的岛屿,倔强的他誓死为守护自己的土地而努力。

❋ 埃拉·萨吉特

乔伊的弟弟,一起来到海角一隅建造家园,他生性幽默,给开垦生活带来许多乐趣,也为自己赢得一位妻子。

❋ 达莉

萨吉特家的女主人,随同丈夫带着孩子,由英国移民美国,虽然爱唠叨,却是尽责的好妈妈和好太太。

※　苏珊

双胞胎中的一员，很机灵，也会帮忙照顾弟妹。

※　雅各布

　　家中的小男孩，曾经被不慎掉落的铁锤敲到额头，所幸黑普莎姑妈和玛格丽特抢救及时，才没留下后遗症。

※　南瓜

　　萨吉特家收养的黄毛小狗，是全家忠心的守护者，也是雅各布最好的玩伴。

❋ 黑普莎姑妈

　　海域诸岛中年龄最大又最风趣的人,所有的疑难杂症她都能轻易解决。很疼爱玛格丽特,给予玛格丽特极大的心灵慰藉。

❋ 赛斯·乔登

　　周日岛的主人,非常热心,邻居有事,绝对义不容辞地伸援手,对待黑普莎姑妈亦有如母亲般敬重。

❋ 艾比·威尔

　　漂亮善良的女孩,在一场削玉米活动中和埃拉建立了深厚的感情。

励志经典

山月桂

目录

第一章

夏　天

离乡背井

　　一七四三年，一个晴朗的六月早晨。海水湛蓝，微风从西南方吹来，玛格丽特·勒杜蹲在伊莎贝尔号低矮的栏杆边，眺望玛布岬最后一眼。在船尾靠近船舵的地方，三个男人正忙着，有的弄绳索，有的正在想办法把船货塞得更扎实些。三人中的一个是伊莎贝尔号的船主兼船长阿慕斯·杭特，另外两个是乔伊·萨吉特和埃拉·萨吉特兄弟。乔伊的妻子达莉则坐在玛格丽特身边的一个旧木箱上，也和她一样迎着强烈的夏日阳光盯着海岬，直到最后一抹熟悉的海角景色消失为止。四个小孩蹲在达莉脚边，她膝上还坐了一个婴儿；一身宽大的棕色手织洋装和头上的软帽，使她看起来就像船上那些鸡笼里的母鸡一样。但是玛格丽特并没说出这个想法，因为她知道一个小女佣不该随便有主意，更别提对男女主人的外表品头论足了。

　　"玛吉！玛吉！"她猛然一惊，看到达莉正在呼唤她，才突然想起自己以后都要叫这个名字了。

　　达莉对她说:"把这一大束毛线理一理,缠成线团。就算我们正在往天晓得的什么地方去,也不该整个上午发呆不干活儿。"

　　达莉叹了一口气,眼睛再一次望向海天之间那抹低低的海岸,它已经变成越来越模糊的暗蓝色了。

　　女孩接过羊毛,在几个大木桶中间找到一个小木桶,就在桶上坐下,开始工作。她棕色的手指像小树枝一样细,却很敏捷,在一大团蓝色的毛线间熟练地穿进穿出。太阳已经升到半空中,她把棉布软帽往后推到肩上,系紧帽带以防止风吹走。

　　就在这时,一个茶褐色头发、蓝色眼睛的男孩大跨步走来,经过她身边时用力扯了一下她的黑色发辫,用力扮了个鬼脸。

　　"喝,法国佬!"他故意尖声叫,"上岸之前你就会黑得像红番啦。"

　　女孩没有回答,弯下腰更专心地埋头苦干。每次这个男孩一靠近,她就莫名地紧张起来,虽然他——凯利柏·萨吉特——也不过十三岁,比她大几个月而已。他比她足足高出一个半头,永远以揶揄的眼光和嘲弄的口吻表达出对女孩的轻蔑,对玛格丽特更是不放过。有时候她不免想着,他处在这一群吵吵闹闹的同父异母弟妹之间,说不定也像她一样自觉是个外人,因为他是乔伊·萨吉特和他过世的前妻的唯一孩子。今天早上他神气活现,一方面是因为他接收了埃拉叔叔的一条紫花布马裤,虽然尺寸还是大了几号;另一方面则是他现在负责照料家里的牲口——包括乳牛母子、一些鸡以及四只绵羊。凯利柏在船的前半部用旧木板给羊们搭了一个临时的羊圈,但它们仍然不停地咩咩叫着。现在他拿着一捆向父亲讨来的绳索,快步走回这道围栏。

杭特船长看着他走过去,怀疑地摇摇头。

"带着这么一堆货物,根本不可能照着正常的速度前进。"自从他们出航以来,这已经是他第二十次抱怨了。"当初交涉时,我可没答应要带牲口和这些小鸡小羊的。"

"你别再唠叨了,"乔伊很快回嘴,"我可是付给你白花花的现大洋,一个子儿都不少,如果你不打算走这趟……"

"去你的!"船长猛地打岔,"咱一向说话算话,大丈夫一言既出,驷马难追。但我还是得说,这船吃水太深,不够平衡哇。"

两人你一言我一语,说着说着又扯上了那些塞在驾驶舱和舱门下的家当该不该搬开的问题。

玛格丽特心想,家里用的纺车和搅乳器绑在栏杆上,挤在衣箱和木制长椅的旁边,下面船舱内的长板凳上则摊开着上好的羽毛褥垫和几床百衲被,多么奇怪啊。透过舱口的模糊光线,玛格丽特看见一点鲜亮的红色和绿色,那是达莉最宝贝的"沙伦的玫瑰"和"羽翼之星"两种花样,最近她已经没有时间做这么精致的女红了。

伊莎贝尔号一路乘风破浪前进,头上的大帆也涨满了风,绷得紧紧的。帆面缀着不少补丁——饱受风吹雨打的老旧灰布上,掺杂钉着鲜明的白色新帆布。其中一块的形状,好像一道闪电留下来的痕迹。伊莎贝尔号是一艘坚固的船,比此时浮在他们周围的那些小渔船大得多、重得多,圆钝钝的船首一再扬出水面，淌着咸水，然后再沉下去。这是一个由木材、绳索和帆布构成的环境，是十一条人命和他们所有的财产要住上五天五夜的地方。这样的组合虽然怪异，但是并不比玛格丽特·勒杜一年来的遭遇更崎岖。

她的细手指仍然不停地在毛线中穿进穿出，脑袋却忙着理出自己遭遇的一连串事件——是什么原因使她到了这里，跟着一个陌生家庭一起搭上一艘开往未知地方的船呢？这种心情，不正像好多个月以前，当她和奶奶及比尔叔叔从法国启程，到当时也毫无所知的大西洋对岸的这些新殖民地一样吗！

离开法国那天，天气和今天一样晴朗，晨光下的勒阿弗尔非常美丽，奶奶看着法国最后一眼就哭了，比尔叔叔倒是兴高采烈，拟了好多计划：他们会找到一个叫"路易国王"的小镇，盖一栋房子，那里的天气温暖而晴朗，田野丰饶，人们都说法语，就像一个小法国区。那里的人会付很多钱来听比尔叔叔拉小提琴，这么一来，不用多久他就可以开跳舞班，教那些有钱人的儿女最新的流行舞步。不错，比尔将成为名人，也许还会是整个新大陆唯一的法国舞蹈家呢！

想到这些，他不禁把头抬得高高的，踮起脚尖摆出一个芭蕾舞姿，不管船是不是摇来晃去，甲板是不是又湿又倾斜。奶奶想到比尔将成为小法国的名人，想到他们可以给父母双亡的玛格丽特一个美好的新生活，也逐渐认命而高兴起来。

前往美洲的旅程非常漫长，有骄阳，有风暴，有雾，还刮着稀奇古怪的风，他们全不在意。食物越来越少，而且被水泡湿了，他们也觉得还好。有那么多未来的计划供他们讨论；在繁星满天的晴朗夜晚，比尔叔叔还会拉小提琴，他的演奏那么美妙，可以拉出那么多老歌，连歌词也一字不忘。现在，玛格丽特坐在伊莎贝尔号的帆影中，还能哼出他教她的每一个小音符，或是歌词中的每一个字。

然而，就算这些东西清楚地在脑海中，比尔叔叔却已经不存在了。他永远不会再穿着窄窄的鞋子踮起脚尖，也不会再熟练地运弓滑过琴弦了。

事情发生的速度就像闪电那么快。在他们就要看到陆地时，船上有一位水手病倒了。他的脸上出现大片红疮，高热使眼睛变得通红。那真是一段可怕的日子，每个人都不敢正视别人的脸，生怕对方的脸上出现热病的最初症状。然后比尔叔叔——玛格丽特现在仍然不忍想到他病倒的那一天。他们不让玛格丽特和奶奶接近他；两个刀疤脸的老水手全力抢救他，直到放弃希望为止。他们把他葬在大海。她和奶奶跪在甲板上，低声祈祷。

船长要求他们在最近的海港下船，虽然那并非他们的目的地，但船长不愿冒险让更多人感染。他撤换有病的船员，清理船舱。比尔叔叔的物品全都被抛进大海，包括那把昂贵的小提琴在内。下船时，玛格丽特和奶奶除了自己的衣服和一个只剩下几块钱的小钱包外，就一无所有了。

在玛布岬的码头，没有人迎接他们。那个以路易国王为名、人们说着法国家乡话的地方，离这儿实在太远，奶奶无法继续跋涉。她们只好住过一家又一家的旅店,最后来到一个叫做"贫穷农庄"的地方。这儿的人比她们还穷,但是奶奶已经不在乎了。她虚弱到无法从床上爬起来,常常一连好几天都以为自己又回到了法国。她会面露微笑,唱着比尔叔叔常拉的那些歌曲,如果她忘了歌词,坐在床边缝纫的玛格丽特就会加进来合唱。

移 民 家 庭

　　就一个十二岁的女孩而言,玛格丽特的女红做得极好。贫穷农庄的女人都对她的刺绣赞不绝口,玛格丽特免不了要教她们一些她在勒阿弗尔修道院习得的华丽的扇形边饰和花环。她们为了回报,便帮她照顾奶奶,教她说这儿的语言。她们的话并不难学,但直到现在,玛格丽特说某些字的时候,别人听了仍然会笑。还有些人,像凯利柏,就经常嘲笑她的发音。

　　想到凯利柏,她立刻往船首那边瞥了一眼,看到他浅褐色的头发还在鸡笼那边,不禁松了一口气。其他人也都各忙各的,她趁着这个空当,从身上那件灰色粗麻布裙的胸口处掏出一根绳子,上面挂了两样东西——一个是奶奶戴的金戒指,另一个是比尔叔叔的蓝外套掉下的金纽扣(这是后来她在甲板上的木板缝里发现的)。这两样小东西竟然活得比奶奶和比尔叔叔还久。现在它们是仅存的属于旧日时光的东西了,因此非常珍贵。

　　奶奶去世后,大家虽然很照顾她,但不久后他们就很明白地让她知道,她得学习新的生活方式。显然,在这儿只懂唱歌跳舞以及缝纫刺绣是不够的。这是一个尚未开发的新国度,人必须做许多粗活儿,因此一个手脚健全的十二岁女孩当然也必须挣她自己的"吃住"(她记得当时听到那个词,吓坏了)。他们向她解释,她必须去当"小下女"。那些权威人士热心地帮忙打听需要小下女的家庭。由于她是法国人,事情变得比较棘手,几个女人来看过她,一发现她的出身就摇头拒绝了。

她听见其中一个说:"我们家里可不想有个轻浮的外国妞。"

另一个面露反感,含蓄地暗示说他们的祖国——英国——正在和法国打仗,这种时候对敌人友善可不是爱国的表现。只有萨吉特夫妇不挑剔。

他们说:"咱们急需多一双手帮忙。只要她个性别扭,咱们可以不计较她在哪儿出生长大。"

于是大人们拟了一纸合约供双方签字。他们忙着的时候,玛格丽特就坐在一旁看。她并不完全了解合约上面的字句,但是她十分清楚这整件事是什么意思。从签约的那一天起,直到她十八岁的生日为止,整整六年,她都归他们管,一言一行都得受他们监督,而且得服侍他们全家,以换取必要的吃、穿、住。

她匆匆把绳子塞回衣服里,一双光脚收进裙子底下,更加努力地整理毛线。

签约的时候是三月,现在已经六月了。玛布岬早已抛在他们身后。除了她自己以外,没人知道有玛格丽特·勒杜,只知道萨吉特家有个穿着灰色粗麻布衣服、头戴棉布兜帽,每当有人叫

"玛吉"就会应声的小下女。

女主人现在正在叫她。"玛吉,过来照顾这些小娃儿,我去给男人弄些吃的。他们吵得那么厉害,一定是肚里没东西可消化了。"

玛格丽特立刻起身接过婴儿,另外四个小孩也围到她身边。白白胖胖的孩子们和玛格丽特又黑又瘦的外表成了明显的对比。贝姬和苏珊这一对六岁的双胞胎就像一个模子印出来的,两个人都是蓝眼珠,黄黄的头发扎成僵硬的小辫子。她们也戴着兜帽,穿着灰色麻布连身裙,袖子很短,领口低低的,腰身以下是长及脚踝的蓬蓬裙,露出一双光脚。四岁大的佩蒂和三岁大的雅各布总是黏着她,他们的淡金色鬈发几乎像羔羊毛一样白,剪得短短的贴在圆圆的头上。他们也可以冒充双胞胎,唯一的不同是雅各布穿短裤,下巴有个窝罢了。小婴儿黛比只有八个月大,紧紧的小帽下露出几簇淡金色的头发。她的眼睛也是天蓝色的,脸颊则像苹果一样红彤彤的。

"不要让黛比晒到太阳。"达莉从船舱那儿大声吩咐,"天气太热会让她起疹子,她要是在船上发烧,我们可就没辙了。"

"是的,太太。"玛格丽特以下女应有的方式回答,弯起手臂为婴儿的小脸遮阴。

"地板好烫,我的脚都烫伤了,真的。"贝姬抱怨着,先用一只脚站着,又换另一只脚。

玛格丽特告诉她:"你应该把裙子撑得大大的,坐下时把脚缩到裙子里面,这样就不会烫了。"

她示范给贝姬看。孩子们都蹲在她旁边,只有雅各布爬上一个大木桶坐下,两脚伸直,看着大海。

帆船摇晃起来,雅各布差点滑下桶子,玛格丽特不假思索地用法语喊道,"抓紧!"等她看到孩子们一脸茫然的神色,才及时改用英文说:"小心抓紧啊!"

"没错!"苏珊附和,"而且当桁木改变方向时,你得小心不要被它扫到。"

那个时代住在海港的小孩都很习惯船只,即使才三岁的雅各布,也已经懂得保护自己了,就像一般小孩在陆地上懂得躲开车子一样。然而,他并没有在木桶上坐多久,因为凯利柏刚好经过,一把捉住他的后领,把他提起来,摆到他姊妹身边。

他丢下一句话,"如果你再不小心,我就把你送去喂鱼!"便急急忙忙走到舵柄那边去了。

男人们一边讨论航海图和航道,一边咬着达莉用篮子装着的大块面包和奶酪,再搭配船长带来的一桶啤酒把食物冲下肚。

"没有别的法子,"船长最后说,"我们得坚守内航道,即使从这里到皮诺斯高要走上一星期。当初我说要从浅滩外边航行,但我没想到船头会这么低。"

"我们最好在法尔茅斯进港,"乔伊用皮革般粗糙的手指点着面前的航海图,"等到那时这些牲畜几乎没水也没食物了。"

埃拉赞成地说:"没错,这样我们也好伸展一下手脚。而且如果达莉知道有机会再看一眼文明世界的人和时装,她的表情就不会那么臭了。"他绽出一个缓慢的笑容,然后从随身携带的烟饼切下一大块烟草。

"我猜那也可能是我最后一次看到那些东西了吧!"达莉叹着气回答,"离开玛布岬就够让人难受的,我还敢指望什么?要是这辈子还能住在有人烟的地方,就要谢天谢地喽。"

"女人家就是这样!"乔伊立刻反驳,"从早到晚和邻居七嘴八舌说闲话——你满脑子想的就是这个。依我看,如果一个地方住了太多人,站在自家门口,三面都看得到房子,就该是往空旷地方搬的时候了。"

"男人没有足够的活动空间还成吗?"埃拉插嘴说,"已经好久喽,在那个人还没把他东边的土地卖给你之前,我在玛布岬就一直觉得好像被关在鸡笼里一样施展不开。"

"大部分的家伙都是身在福中不知福。"达莉边啃面包边说。

"而大部分的家伙都在一两亩贫瘠的土地上过一辈子,根本不知道他们可以给自己弄到一两百亩地。"乔伊说到他那笔新的土地就双眼发亮,大手作势握了一下,好像已经迫不及待想拿斧头了。"玛布岬越来越挤,连转身的空间都没有。有时候港口挤得只能勉强蹭进一艘小平底船;路上也是一样,这么多四轮马车,连过个马路都难。"

"好啦,你要去的地方不会有这些问题的。"老船长杭特理解地摇晃脑袋。"在那里如果靠四轮马车代步,不可能走太远的——哦,老天,可真走不了多远哪!"

埃拉说:"我不像乔伊那么热爱土地,我想只要住在海边,就会有办法过日子。"

"可不是嘛!"船长同意,"靠近咸水的好处就是不愁吃穿。它会给你送上吃的,又可以让你爱去哪就去哪,永远不必等着过马路。"

他的最后一句话让玛格丽特突然高兴起来。她本来只是心不在焉地听着他们谈话,眼睛漫无目的地注视伊莎贝尔号航行时划过的无数海浪。现在她突然明白了船长的意思——大海也是一条路,一条环绕世界的水上大马路。你只要走上它,它就会把你带到天涯海角。她一边想着,一边微笑起来,想象着浪头之间的凹陷就像车子的辙迹,而他们正坐在一辆没有轮子的马车里前进。

达莉把剩下的面包平均分给每个孩子,每块面包在小木桶里蘸一下糖蜜做调味。凯利柏被派去弄一点牛奶给黛比,她刚刚睡醒,正在哭。

他拿着一葫芦的牛奶回来了——刚从母牛布兰多身上挤来的新鲜热牛奶。葫芦的颈子戳了几个小洞,变成一个奶瓶。达莉让牛奶一点一点滴进婴儿撅起的小嘴里。

乔伊说:"玛吉,不要让小萝卜头在我们这儿碍手碍脚。他们马上就会吵翻天。"

"还有,看好佩蒂和雅各布,别让他们把糖蜜弄得全身都是。"他们的母亲叮咛,"天晓得什么时候才有机会再给他们洗澡。"

玛格丽特在长椅和其他家具附近找了一个有影子的地方,带着孩子们坐下。她一面继续理毛线,一面注意身边四个小孩的动静。贝姬和苏珊把她们的宝贝——一个穿着鲜艳印花棉布的玉米秆娃娃——拿出来玩;佩蒂在摆弄一堆贝壳,雅各布则拿着一小截悬荡在船边的绳子假装钓鱼。

傍晚,风向改变了。船必须一直抢风转向才能继续前进。杭特船长还在念叨超载的事,又眯着眼睛留意天边一团被落日染红的低云。

"它是在下风处,"他咕哝着,"对我们没安好心眼儿。"

不过当天晚上仍是一片清朗。黄昏的微光在海面上久久不散,太阳落下后空气也凉爽多了。他们吃完篮子里剩下的食物,孩子们则各喝些牛奶,然后达莉就让最小的三个孩子到狭小的舱房睡觉。她哄他们在硬硬的长椅上睡着之后,才回到甲板,和玛格丽特及双胞胎姐妹坐在一起,看着黑暗逐渐笼罩海水,看着星星逐渐出现天际,既大又亮。不久,埃拉也过来坐下,甚至连凯利柏也靠过来了,好像忘了自己讨厌女生的事。

"今晚是新月,"贝姬指着低垂在西边天空的淡白色弯月,说,"我许了一个愿。"

"我也许了一个愿。"苏珊生怕被比下去的立刻说,"还有,人家说如果你对它鞠躬九次,许的愿就会成真。"她快快地点头鞠躬,硬邦邦的辫子随着动作一上一下地晃。

"如果我要许愿嘛,"达莉叹了一口气说,"我希望这艘船现在就掉头开回我们出发的地方。"

凯利柏不以为然地哼了一声,准备反驳,但是埃拉先开口了,他的语调一如往常那样缓慢而愉快。

"你们听过月亮和装火药的牛角筒的故事吗?"他问,"有一个人曾经告诉我这个故事,是从他的苏格兰祖父那里听来的。"

"埃拉叔叔,告诉我们,快点嘛。"两个小女孩凑到他身边,眼睛在半昏暗中张得大大的。

"是这样的。从前有一个人出外打猎,走了好远好远的路,天快黑了,他也累了,很想赶快躺下来睡觉。他看到头顶上有个黄色的小钩,于是就把装火药的牛角筒挂上去。没想到隔天一早醒来,却发现牛角筒不见了。他东找西找,连个影子也没有。"

"那怎么办呢?"双胞胎异口同声地问。

"没办法啊,只好这样回家喽。"叔叔说,"隔天晚上,他又跑到前晚睡觉的地方去找,看到头顶一弯新月,上面好端端地挂着他的牛角筒!他一伸出手,就把它拿下来,带回家了。"

"哎哟,埃拉,"达莉说,"你真不应该把这些蠢话灌进他们的小脑袋里。"

玛格丽特在夜色的掩护下偷偷微笑。她喜欢埃拉说的那些故事,这使她想起奶奶以前说给她听的许多床边故事。

终于,埃拉与凯利柏站起来,从一把铁壶里取火(他们在铁壶里保持着一捻火苗)点亮船上的油灯。玛格丽特看着他走开,感到很失望。达莉走下舱房,只剩双胞胎和她坐在一起,三人紧紧挨着以抵御海上的寒冷,一边看着头上的点点繁星。

曾经有好多个晚上,比尔叔叔教她辨认星星和星座,她现在也一一指给小孩看,熟稔地叫出它们的名字,就像介绍自己的邻居一样。

"看到了吗？那一颗是金星。今天晚上它漂亮吗？那是猎户座，它腰带上的三颗小星星最好认了。较下边的是大犬座。"

不久，达莉便叫双胞胎下舱房睡觉，玛格丽特不情不愿地跟在后面。她希望能像男人们一样在甲板上过夜，而不是进入鸽笼般的狭窄船舱。她爬过熟睡的孩子们身上，在一张长椅上用一袋玉米粉当作枕头，勉强躺下。只是所有的孩子甚至达莉都睡着许久之后，她还是了无睡意。

敞开的舱口可以看到一点夜空。船尾的油灯随着船身摆动着，一晃一晃地投进一捧光线，有时也会照出男人们处理绳索和转动风帆时的影子。从他们的声调可以听出他们是在谈话，还是船长正在发号施令。有时候她也会听到凯利柏尖锐的童音夹在三个低沉的男声中。

她好不容易睡着后，却又被大声的命令和剧烈的震动惊醒。伊莎贝尔号比起白天来似乎完全变了一个性情，它的横梁猛烈摇晃，船首往前倾倒又往后拔高，桅杆似乎随时都可能折断。

"天啊！"她在黑暗中惊叫着坐起，一只手本能地摸索脖子上的念珠，马上又想起她已经没有念珠了。她悄悄爬过身边一堆温暖的小手小脚，往舱口摸索过去。

她不知道自己是怎么爬上阶梯的。冰冷的海水灌下楼梯，整个地方湿成一片。船倾斜得很厉害，她根本没办法把脚踏在地上，只能抓住栏杆，一点一点往前挪。她看见乔伊·萨吉特也是以这种方式往正在收帆的埃拉那边爬过去。杭特船长在一波一波大浪的扑袭下仍然紧守着舵，每一股浪都好像会把他卷走一样,他得用全身的重量稳住船柄;虽然如此,他仍不断地指挥其他人工作,只是在狂风怒涛的嘶吼下,他的声音变得微弱而且断断续续。

"抓好!"玛格丽特听到他大吼。下一秒他看到了她,命令声变得更严厉。"下去!留在下面!"

她正要下去,却听见船头突然传来尖叫——她知道,凯利柏和家畜出了麻烦。木头断裂的声音和动物恐惧的叫声、扑翅声,证实了她的想法。

玛格丽特没有犹豫,立刻拼命往前挺进。她身体贴着船舱,手抓紧低矮的木栏杆,脚趾头摸索着找立足点。即使速度这样慢,她也只能在两个浪头的空当里行进,当大浪扫来时,她就得闭上眼睛,任海水灌进鼻子和嘴里。她已经没办法听见男人们吼叫的声音了。

一会儿,一个特别高的波浪卷向船头,船的前半部分几乎埋进浪花里。玛格丽特看见它涌过来时,闭着眼把头一低,用尽吃奶的力气紧攀住船身。她听见凯利柏又发出一声尖叫,抬眼一看,一团发出咩咩声的白色东西被抛在半空。

凯利柏的围栏被大浪毁了,但是船首的栏杆还在,这会儿他已经设法把母牛和小牛捆在上面。他自己的身体也用绳索绕了两圈才勉强站在那儿,两只手奋力抓住剩下的三只绵羊。

绵羊的前脚和后脚原先是绑住的,免得它们乱动,但现在这样它们完全无法自救,就像袋装羊毛一样,任由大浪摆布。就在玛格丽特爬到附近时,船又猛然晃动,凯利柏失手放掉了一只。

说时迟那时快,玛格丽特伸出一只手抓住那一团毛茸茸的身体。

"抓紧啊!"她听到凯利柏在她耳边大喊,她的手指在那团浓密的羊毛上掐得更紧些。

他们在黑暗和浪涛中几乎看不到彼此,但是白色的羊毛让他们认出对方的位置。一有任何空当,他们就彼此吼出一两个字,好让对方知道自己还在。但是大部分的时候两人连多喘一口气的力气都没有。

"啊,我的手臂——你会把我的手扭断的!"那只羊在惊慌中不断挣扎,玛格丽特不禁倒抽一口气。

她咬着嘴唇不敢喊痛,怕被凯利柏听见。过了一会儿,她觉得没那么痛了,要不是那只羊挣扎得累了,就是她已经习惯了。她全身又冷又麻,甚至当伊莎贝尔号被推上一个特别高的浪头,再从海水高处重重往下跌时,她都疲倦得快要不知道害怕了。

突然,海面在瞬间平息了下来。暴风离开就像它来时那么突然。风不再拼命拉扯索具,暗蓝的曙光下看到的波浪也显得平静了。埃拉来到船头,在满目疮痍的木头残骸中寻找两个孩子。他的脸虽然晒得红彤彤,却显得非常苍白。他一言不发地接过玛格丽特手上的绵羊,好让她回舱房去。她跪着爬回去,细瘦的手指痉挛得抓不稳木头栏杆,而且浑身湿透,每跨出踉跄的一步,舱房就溅起一尺左右的积水。

"想不到那一对小娃儿还能活着。"当她蹒跚地走下舱口时,听到杭特船长对乔伊说。

"唔,我料到凯利柏撑得住,"乔伊回答,"可是玛吉会在狂风大浪中爬上甲板,我就想不透了。不管她是在哪里长大的,她的胆量的确很大——这我可以担保。"

"没错,这女孩的确是块航海的料儿。"船长说了一句,然后转头对埃拉大吼,要他多放些绳索过来。玛格丽特跌跌撞撞爬回自己的长椅,孩子们在四周抽抽搭搭地啜泣,达莉则责怪她太鲁莽。但是玛格丽特不在乎,她心中升起一股暖意。船长赞美她,而乔伊称许她有胆量。也许连凯利柏现在也不会那么轻视她了。

她终于进入梦乡,梦见她回到勒阿弗尔修道院中阳光普照的花圃。修女们穿着柔软的蓝袍,头戴有如一对白翅膀般的浆硬头巾,礼拜堂的大钟敲着,宣告正午的弥撒。

她醒来时,觉得头隐隐作痛,全身僵硬。她哼也不敢哼一声,慢慢从黑暗的舱房爬上甲板。日正当午,大海平静而湛蓝,一点也不像曾猛烈地攻击过伊莎贝尔号,但是那场挣扎的痕迹历历在目。船首一部分的栏杆已经不见了;一个鸡笼和一大半宝贵的家当都被大水冲走。达莉坐在孩子们中间,呼天抢地地哀叹那些失去的东西,她的丈夫不得不提醒她,他们没有跟着这些东西一起葬身海底已经是不幸中的大幸了。

"你最好感谢我们拯救了三只绵羊。"凯利柏骄傲地说,"要不是我和玛吉,就不可能留下这么多羊毛。"

"没有纺车,我要那些绵羊做什么?"她冷冷地回了一句,一面把正在曝晒的一床百衲被翻个面。

尽管达莉口气不好,那一天却对玛格丽特放松了些,除了叫她照顾小孩以外就没再派别项工作,甚至还给她一点兽脂擦擦额头上的肿包。那个肿包已经变成一片深紫色,凯利柏看了大乐。

他说,"老天,你真是不堪一击。照你这种情形,我岂不是全身都要东一块青西一块紫了。"

"别说了。"埃拉平和地说,"无论怎么说,打到她的东西可不是羽毛啊。"

除了一些硬面包以外,剩下的牛奶只够留给婴儿和两个小小孩,所以男人们开始想办法找吃的。

"来点玛布岬的火鸡,你们说怎么样?"杭特船长提议,"现在风平浪静,可以挪出两个拉绳索的人手。"

玛格丽特吃惊地望着船长。埃拉看到她的表情,微微一笑,和凯利柏两人拿出鱼钩和钓鱼线。船上其他人,甚至是双胞胎都知道船长说的是什么,于是告诉玛格丽特,他们是要钓鳕鱼——当然不可能是火鸡啦。只见两人把一些贮存的小鱼干当成钓饵,把渔线抛过船沿,不久之后,几尾斑点鳕鱼和一两条黑线鳕鱼就在甲板上跳跃了。

乔伊为了重新点燃铁壶里的火,不得不牺牲鸡笼的几根木棍。他先把木棍摊在阳光下晒干,然后刨下一堆刨花。他费了好大力气才用燧石和钢片把这堆刨花点燃,再用火把长柄平底锅烤得透热;凯利柏是个煎鱼好手,很快的,大伙儿就准备大快朵颐了。

"没有什么比刚捕到的鳕鱼更美味的了!"船长把鱼骨头往

船外一丢。"如果再来一块玉米烤饼,就算国王要跟老子换,老子也不干。"

达莉却不这么想:"半生不熟的鳕鱼,又没有撒盐,连顿像样的饭也谈不上,还谈什么美味。"

"达莉,下一次用海水来煮鱼,看看会不会比较合你胃口。"埃拉笑着说。

"等我们一上岸,我就来熬一些浓盐水给你用。"她丈夫安抚她道,"要不然在船舱下也许可以找到一些给绵羊舔的盐。"

玛格丽特吃不下鱼。经过一夜暴风雨的折腾,她仍然浑身虚弱无力。

日落时,杭特船长把船驶向岸边。这儿的海岸十分陡峭,满是嶙峋的岩石,茂密的常青树一直长到悬崖边。在昏黄的天空衬托下,那些树显得荒凉而阴森。

孩子们都挤在栏杆边。"我从来没有看过那么多树呢。"贝姬说。

"不久你还会看到更多哪。"船长答道。

达莉什么也没说,只把身上的斗篷拉紧了一些。一直等到他们的船滑过岸边一小块矗立着三四栋房舍的空地,她才露出一丝兴趣。

"他们正在煮晚饭,"她说,"从烟囱的烟可以看出来。"

没错,在这个时间,所有的烟囱都冒出直直的灰烟。扇形的港口边停泊着几只船,港里风平浪静。寂静中传来几声清晰的狗吠。

晚上,伊莎贝尔号在一处高耸的海岬下了锚,等候天亮。杭特船长说这儿是伊丽莎白角,并保证隔天一早就会抵达法尔茅斯。大伙儿的精神都为之一振,尤其是达莉。她高高兴兴地用浸湿的玉米粉搅了点速成布丁给大家吃,埃拉一面吃一面开玩笑。

"达莉呀,我猜法尔茅斯那些家伙要大开眼界啦。他们大概是第一次看到你戴的那种无边软帽。"

"应该说'他们永远都看不到'才对吧。"达莉揪着帽檐的布边说,"帽子的花边都被水冲掉了,还叫什么帽呢! 不过,没有整顶被冲掉就已经够难得了。"

玛格丽特坐在昏暗的舱房里,一边摇着木制小摇篮哄黛比睡觉——摇篮倒是奇迹似的逃过了一劫——一边听着上面的谈话。趁着身边没人,她用法文唱起奶奶很久以前教过她的摇篮曲:

摇啊摇,小宝宝,
快快睡个好觉觉。
摇啊摇,小宝宝,
快快睡个好觉觉。

中途之岛

隔天清早,他们在朝霞还未完全消逝前就出发了。伊莎贝尔号曲曲折折地在林木翁郁的小岛间穿梭,较大的岛上见得到一两处农田。船长在几季之前曾经来此处捕鱼,因此对这一带的水域很熟,但是他没空回答达莉那些岛叫什么名字,或岛上住着哪些人家,因为他得忙着选择航道以及指挥变换帆向。

他们终于看到了法尔茅斯,宽广的港口沿岸散布几座房舍,港里停泊着几艘小渔舟和七八艘较大的船只。

"房子没我想象的多。"凯利柏评论道,眯着眼睛好看个仔细。

"玛布岬比它大多了。"苏珊说。

"好啦,已经不错了。"他们的母亲说,"我真是等不及上岸哪。"

"不论如何他们总有座教堂。"贝姬指着一座尖塔。

"还有一座炮台。"凯利柏说,"看得到上面的大炮哩!"

"我听说过那座堡垒,"埃拉正忙着下帆,中途停下来告诉他们,"那是为了要防范法国人和红番。"

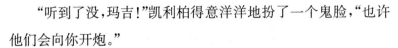

"听到了没，玛吉！"凯利柏得意洋洋地扮了一个鬼脸，"也许他们会向你开炮。"

"不要，不要！"雅各布尖叫，恐惧地抓住玛格丽特的裙子，"不要打玛吉！"

"好啦，好啦！"达莉说，"雅各布，别叫了。只要守规矩，他们就不会打你的。他们的目标是那些红番和加拿大那边的可恶法国佬。"

玛格丽特握住雅各布的小手安慰他，晒黑的脸颊却微微发红——他们老是在她面前批评她的民族。虽然她可以感受到小雅各布温暖的小手，但那股不是滋味的感觉仍然久久不散。

"我真希望他们不要打仗。"她想，"为什么在离家这么远的地方双方还要打来打去呢？"

伊莎贝尔号已经开始下锚，男人们准备好平底小渔船，待会儿要抛到船外。他们看到小镇外不远处有一片翠绿的斜坡，一直延伸到一洼小海湾。海湾边长着蓝菖蒲，几只黄褐色的牛正在阳光下吃草。

乔伊说，"如果能放家畜下去吃吃草大概不错，不过再把它们拉上船可难办了。"

"哎，我们在玛布岬把它们从木筏吊上船时花了多少力气啊！"埃拉说，"趁我们进港时，让凯利柏和小孩们上岸去割些青草不就得了。"

双胞胎和凯利柏不满意这个提议。双胞胎激动地抱怨她们没机会见识法尔茅斯，而凯利柏则不屑于被分配和玛格丽特及小孩子一道干活。

男人们放下平底小渔船，它造得很结实，能够在坏天气航行。船上有桅杆和帆，以及两对大桨，但船身上的深黄色漆已脱得差不多了。玛格丽特和孩子们坐在船头，看乔伊和埃拉弯腰操桨，凯利柏则坐在船尾，用另一把桨当成舵控制方向。每当海水溅到孩子们脸上，他们就兴奋地尖叫。

小渔船的船底终于蹭上了长长的鹅卵石海滩，大家上了岸。

凯利柏扬扬他带下来的镰刀，自命不凡地说："我有好多活儿要干，所以你们这些小萝卜头乖乖待在玛吉旁边，不要过来烦我。"

成天踩着船上滚烫的甲板，此时脚底触着青草，感觉非常凉爽而柔软。斜坡再上去一点，竟然遍地是野草莓。玛格丽特从来没看过这么茂密、颜色这么鲜红的草莓，即使在她家乡的市场里，那些小贩用篮子装着卖的草莓也没这么甜。孩子们吃得满手满嘴都是，小雅各布和佩蒂的嘴唇都变成红色，双胞胎则懂事多了，会帮玛格丽特把草莓装进她带来的小藤篮里。她教她们先在篮子底铺上一层绿叶，就像奶奶教她的一样。她们小心翼翼地把摘下来的草莓放进篮子；不过大部分都吞进肚子了。

玛格丽特叹了一口气。"真的好甜哪。闻起来跟吃起来一样香。我的手指都变得甜滋滋了。"

"凯利柏大概会想把这一整篮都吃下去。"苏珊说。她望望草坡下方正在辛苦工作的男孩。"等到割完那些草，他一定饿坏了。"

"嗯,玛吉,他不会把这些都吃掉吧?"贝姬插嘴问道,"我还想晚餐时吃一些呢。"

"那么你最好在篮子里多放一些。"玛格丽特看看她,说,"你们放进去的大概不到二十颗哦。"

终于装满一整篮后,他们来到一片白桦和云杉树林里休息。双胞胎带了她们的玉米秆娃娃,玛格丽特教她们用两片大树叶为娃娃做一件绿洋装,再把雏菊插在上面做装饰。

"我真希望我也有一件这样的洋装,在绿色衣服上缀满小白花。"贝姬说。

"妈说我们有素色麻布或旗子布穿就很幸运了。"苏珊提醒她,"也许等我们长大结婚以后,才能穿那种画了小枝子的印花布。"

"我在法国就穿印花洋装。"玛格丽特告诉她们。她很少跟人说起这些事,但是和小孩在一起她觉得比较自在。她的黑眼珠因为回忆而闪闪发光。"是呀……我有一件夏天穿的黄色洋装,花样是绿色细藤蔓,一件冬天穿的棕色轻棉洋装,上面有小朵的玫瑰和玛格丽特。选择这个花样是因为它和我的名字一样,不过你们这儿叫它雏菊。"

"妈说她绝不会用法国名字来叫你。"苏珊提醒她。

这时,一只蜻蜓飞过她们头上,翅膀在阳光下闪着蓝色和银色的光芒。"哦,赶快低头,快点!"贝姬喊叫着打断她们的话。小孩全都低下头,一面发出兴奋的欢叫。

"为什么呢?"玛格丽特不解地问,"为什么你们要低头?"

"它是恶魔的缝衣针!"雅各布圆圆的头埋在玛格丽特的裙子里,用闷闷的声音叫着,"哇——啊!绝对不能让它捉到你!"

"它已经飞走了。"玛格丽特告诉他们,"走吧,我们再去采些花来做花环。"

他们正要走回草地时,听到几声狗吠,随即一团黄色的东西从草丛中冲出来。他们看清那是一只半大不小的狗,吐着红色的舌头,不断摇着尾巴。

它跳过来舔玛格丽特的手。玛格丽特高兴地唤它,"狗狗!狗狗!"

它非常友善又热情,轮流跑向每个小孩,但是总是会回到玛格丽特身边,好像她的触摸最让它高兴。

"不知道是谁养的?"双胞胎彼此看了看,说,"可能是在这儿看牛群的吧。"

"真希望它是我们的狗。"贝姬说,雅各布也认真地点点头,同时紧紧抓着狗颈子上的毛不放。

突然他们看到一个人朝他们走来。那个人身材高大,穿着粗布衣服,肩膀上扛了一把毛瑟枪。他走得很快但是很安静,奇怪的是,他一直走到他们面前才开口。

"你们是谁家的孩子?"他简短地问,声音非常严厉,吓得两个小小孩拉紧玛格丽特的裙子,双胞胎姐妹则怯生生地望着他。

"我们是从船上来的——那边那艘。"玛格丽特礼貌地回答,一边用手指着停泊在港湾的伊莎贝尔号,"我们来这里割草和采草莓。"

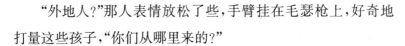

"外地人?"那人表情放松了些,手臂挂在毛瑟枪上,好奇地打量这些孩子,"你们从哪里来的?"

"我们从玛布岬来的。"苏珊胆子大了些,开口回答。

"但是我们要到那里去。"贝姬补充说,手臂挥向比港湾和房舍更远的海岸线。

"哦,是吗?"那个人仍然专注地凝视他们,"你们的大人呢?"

"他们到镇上去了。"双胞胎说,"不过我们的哥哥在那里割草。"

"我想我最好跟他说去。"这个人说完,又嘀嘀咕咕加了一句,"在还没有人丢掉头皮之前,最好让他们搞清楚状况。"

他们排成一小列朝岸边走去,小孩走在前面,小狗跟在他们脚边,那个陌生人扛着毛瑟枪走在最后。

"那是你的狗吗?"雅各布终于鼓起勇气问他。

"不是。"男人简短地说,"可能是跟着我来的。"

凯利柏远远看到他们走来,就丢下正在捆扎的草料,迎向他们。那男人带着凯利柏站到一旁讲话,但是玛格丽特却听到了一些片段。她的心脏几乎要停止了,虽然太阳在头顶晒得火烫,她却全身发冷。

"让小孩子在这附近走动实在不安全。"她听见那男人说,"我得在这里看牛……就是红番呀!……哪里? 这里的林子到处都是呀……不到一星期他们就又开始攻击了……"

"你是说他们会突袭,杀害这里的人吗?"凯利柏问。玛格丽特看到他的眼神不安地到处瞟着。

"就是这样。我们现在有围场和堡垒,所以他们不敢攻进镇里,但是如果哪个家伙一外出,他的头皮就危险了。上个月有四个人和一个警卫在离镇上不远的地方犁地,结果全被杀害。还有一个叫做庞木若的人,住在沿海洼地更内陆的地方,他挤完牛奶回家时,在自家门口被开枪打死,他的妻子和小孩都被掳走了。"

玛格丽特站在草地上静静聆听,身旁围着孩子们。她的脑中嗡嗡作响,手上却继续用雏菊编着花环。

"我猜你爸妈在玛布岬一定没有听过多少红番的事,才会把一群小孩留在这里,而且一把毛瑟枪也没有。"

"我会使用毛瑟枪,"凯利柏提高声音说,"只是我还没有自己的枪,不过我会想办法应付。"

"去年秋天史普考特那些人去摘核桃时也是这么想。一整队人哪——结果只有五个人活着回来!即使岛上也不比内陆安全。不久以前他们在大雪贝格杀了三只牛和六只羊,把它们烤了半熟留在海滩上,为什么?只为了泄愤。孩子啊,我们不知道他们的下一个目标是什么,而且他们串在腰带上的不只是大人的头皮哪。"

过了一会儿,那人回到高地上他原先待着的一棵大树下,继续看守牛群。他说会帮他们留意四周,直到小渔船回来接他们为止。孩子们胆怯地站在一起,连凯利柏也变得异常安静。但是那只黄狗并没有离开。

"它想跟我们在一起。"贝姬说。雅各布突然追到那人身边,拉住他空着的手,急急指着狗。

"我看哪,你们最好留着它。"他们听到那人回答,"它已经在堡垒附近闲荡好多天了。"

孩子们都雀跃不已。他们看着那只狗冲出去捡雅各布丢的棍子,连凯利柏和玛格丽特也稍微开怀了。

"也许妈妈不会让我们养它!"苏珊说,"妈说狗的食量很大。"

"我每天分一点我的晚餐给它。"雅各布说,佩蒂也急着要贡献自己的一份。

凯利柏没表示意见,但是他走去收拾草堆之前,拍了拍小狗的头。玛格丽特猜想这表示他站在弟妹们这一边。

"它应该要有个名字。"贝姬说。

这可要慎重考虑了。他们还没讨论出结果,平底小渔船就回来了,上面坐着卖力划桨的乔伊和埃拉。渔船才靠岸,孩子们争先恐后地冲过去,东一句西一句说着小狗、红番和有一把毛瑟枪的男人。玛格丽特站在稍远处,狗儿站在她脚边,似乎知道它也是局外人。它用鼻子贴着玛格丽特的手,感觉很舒服。当她听到狗儿被接纳时,着实松了一口气。

"好吧,把它带过来吧。"他们的父亲答应了,"它可以帮我们吓走红番。但是如果它不守规矩就得滚蛋,我先声明。"

那晚在船上,他们痛快地吃着从法尔茅斯买来的新鲜食物和香甜的野草莓,却不太敢大声谈笑。达莉见到孩子们时,表现出少有的亲热,玛格丽特猜她一定听到那个带毛瑟枪男人说的事了。

等到小孩睡觉之后，大人们才展开热烈的讨论。玛格丽特坐着，让狗把头枕在她膝上。听了他们的谈话，她背脊凉飕飕的。

埃拉正说着他听来的故事："他们从教堂回家的路上，红番躲在树后朝他们开枪。只有一个人逃回来警告大家，他被打得伤痕累累，几乎是爬回要塞的。"

"真是坏东西，这些红番。"杭特船长说，"这十年来倒也相安无事，最多偷偷东西而已。没想到现在这么嚣张。全是泰拉提族在作怪，因为他们每亮出一张英国人的头皮，法国佬就会给赏金。"

"我们要去的就是这样的地方？乔伊！"达莉神经质地尖声说道，"我们竟然要跑到这些家伙的地盘上，你听到他们干的勾当了？"

"谣言不见得全是真的。"她的丈夫安抚着。

"可是我亲眼看到三十张红番的头皮哪！"她说，"就挂在堡垒的柱子上，你也看到了。他们说，还差十个才能扯平去年白人被剥走的头皮数量，还不提有多少妇孺被掳到加拿大哩。乔伊，我最害怕的就是这件事，我怎敢让孩子们离开我的视线一秒钟啊。"

"别人还不是照样在这些地方把孩子养大。"乔伊回答，"我的全部财产都变卖来买这块地了，我绝不放弃。勇敢点吧！咱们会成功的。"

"爸，我需要一把毛瑟枪。"凯利柏迸出一句。

到了早晨,他们没有昨晚那么害怕了。眼前是一片美好的风景:平静的海水像整片磨光的蓝色地板,船绕过的每一处海岬都是满眼碧绿,实在很难和那些可怕的故事连在一起。树木比先前看到的更高大更笔直,几乎长到了岩岸边缘。小岛一个连着一个,上面长满了原始的云杉林,偶尔也点缀着一块农田或一两处开垦的空地。

"这一带的小岛比人还多。"贝姬说。

"是呀。"她妈妈也说,"今天我们可能经过了将近一百个小岛。"

船长知道其中一些小岛的名字,有些航海图中标出了,有些是他在先前的航程中得知的。其中一个叫蒙黑根,那天下午他指给他们看,只见几英里外的海面上有一个驼峰似的黑影。那儿有着全世界最好的渔场,船长告诉他们,传说在远古时代,哥伦布还没发现美洲之前,挪威人就知道这个渔场了。蒙黑根岛上有一个陆围港,旁边有个小渔村,在夏天,沿海的渔船都向他们买鱼干。

日落时,他们又看见海面远处有个大岛,船长说它叫高岛,是法国人取的名字。玛格丽特听了很高兴,但凯利柏却露出惯有的不屑表情。

"难道英国的名字还不够多,非得冠上那些法国式的调调儿不成?"他说。

玛格丽特叹了口气。还好船长帮她说话了,"大家相信改名会带来厄运的,不管是小岛还是船。这儿有坏的法国佬,也有些好的。远远那边有个凯斯丁岛，这名字来自多年前某个男爵，他在那岛上建了一个堡垒和小镇，在一片荒野中看起来非常醒目。他还娶了个红番太太哩，后来美国人根据条约把他们赶走时，他就带着太太回法国了。"

"还好把他们赶走了！"达莉插嘴，"真丢脸，这种事情。换作是我，才不好意思讲出来哩。"她对杭特船长用力摇着头。

"不管怎样，他和红番一直相安无事。他还在的时候，也没有这些突袭和剥头皮的事。"

玛格丽特不敢对这番话表露一丝欣慰的神色，却在大家转移话题很久后，心里还玩味着。如果有一位法国男爵愿意娶红番为妻，红番一定没有他们说的那么可怕。她对这一点非常肯定。

那天晚上他们停泊在几个小岛的下风处。如果风继续吹，不到一天他们就能抵达目的地——皮纳斯高岬角。但是船长说那条航道很难走。

"唉，能再睡在屋檐下该有多好啊。"达莉说，"我只希望你买的房子造得方正又坚固。"

"那是最上等的松木板搭建的，福林特说过了。"她的丈夫保证，"而且是用木榫钉的。我跟他买下之前特别确定这一点。"

但是，隔晚他们还是睡在伊莎贝尔号上，再下个晚上也一样，因为一堵灰墙似的浓雾从东方飘来，阻断了航道。

船长说，"没法子，只好等了。即使风够咱慢慢前进，也不能冒险去撞这些礁石。一定要看清楚每一个小岛和岬角的位置，皮纳斯高海湾可不能硬闯的。"

在寒冷的灰色天光下枯等，时间特别难打发。走进船舱呢，小小空间里的东西几乎要满出来；待在上面呢，湿气又会在头发和脸上凝结成小水珠。

每个人的衣服全湿答答地黏在身上，伊莎贝尔号更是从船头到船尾都在滴水。玛格丽特蜷缩在舱口边，双脚缩在身体下面保暖，手指则忙着编织。她和达莉将带上船的羊毛，逐渐变成了冬长袜和手套。玛格丽特对编织特别拿手，虽然手快冻僵了，四根骨针仍然飞快地在指间穿进穿出。雅各布和佩蒂坐在下面一级阶梯，小水珠不断在他们的短发上凝结。凯利柏跟着杭特船长学习罗盘的三十二方位，他的声音像唱歌一样，单调地一遍遍重复那些方位，"北北东，东北东，东南东，南南东……"几乎和拍打船身的海水以及木板和锚绳的吱吱声合而为一。

一只海鸥发出一声尖叫，从他们头上低低飞掠，低得看得见它橘红的脚掌平贴着白色的身体，还有那对明亮、转动不定的双眼。

"海鸥正在找鱼吃，"埃拉走过时说，"咱们最好也这么做。"

"它们好聪明，不需要说'北北东'就知道要往哪里去。"玛格丽特说道。跟埃拉在一起她总是比较自在。

埃拉笑了起来，晒黑的脸上露出一口结实的白牙。

"没错！"他说，"人类学了这么多，但是有些东西鸟儿不用学就知道了。"

他们又钓起不少鳕鱼。达莉就着铁壶的火煮鱼，孩子们围在壶边取暖。那天捡回来的小狗已经正式命名为"南瓜"，因为它一身黄毛;现在它正到处晃荡,捡他们丢给它的食物渣渣。它很快就成为这个家的一员了,它的一举一动都属于这趟旅程的一部分。

"它的舌头好软喔。"贝姬伸出手让狗儿舔。

"是呀!"苏珊说,"真是奇怪啊,埃拉叔叔,为什么狗的舌头这么软,而猫的舌头却那么粗呢?"

"如果我知道答案,我就比'旷野之人'还要聪明了。"埃拉回答,"乔伊,你记得小时候大人念给我们听的那首童谣吗?"说着他便念了起来:

> "旷野之人问我说:
> '海里长了多少草莓?'
> 我想出一个好答案——
> 就跟森林的鲱鱼一样多。"

"你什么都不记得,就专记这些愚蠢的童谣。"乔伊耸耸肩。

孩子们却高兴地把这首童谣背了起来,玛格丽特也偷偷地把它记在脑海里。

第二天中午,太阳蒸散了浓雾,船终于再度开航了。因为刮的是东风,他们只能慢慢挨着岸边前进。不论如何,孩子们又抖擞起精神来,指指点点地注意着新出现的每一个岛屿和海岬。随着目的地越来越近,乔伊似乎也多了股活力。

玛格丽特站在栏杆边,用手挡着阳光。海面仍然有淡淡的余雾,天际则堆着一层白云。突然,一座山脉像魔术般的从海上升起。它朦朦胧胧地在伊莎贝尔号的东北方浮着,像一条巨大的深蓝色海兽。在海岸的鲜绿和黄褐色衬托下,它更像一个来自其他世界的幻影。玛格丽特屏住呼吸,心脏扑通扑通直跳。

"那叫沙漠山岛,"她听到杭特船长说,"你看,就在图上这里。"

凯利柏看着航海图,一个字母一个字母念着,"这么一个漂亮的岛竟然取了一个怪名字。"

"最先发现这个岛的是一个名叫尚普兰的法国人,因此在他的海图上就取了法文名字。"船长说,"取这个名字是因为山丘离海面很高,山顶又光秃秃的。远看你会以为它就像靛青染料那么蓝,要是驶近,你就知道不是这么回事啦。我曾经绕过那个岛,那是个很漂亮的地方。"

"我们从新家的岬角可以看到它。"乔伊骄傲地告诉达莉,"我刚刚想起来,福林特告诉过我。他说沿海一带就属我们那儿的视野最好。"

玛格丽特很高兴凯利柏不在旁边,不会看到泪水在她眼眶里打转。那条山脉蓝得那么特别,现在又知道它名字的由来,对她的意义就更加不同了。奶奶和比尔叔叔如果知道,在这个森林深处的陌生海岸地区,能够有个法国名字与她作伴,他们一定会放心得多。

其他人的注意力已经转向海岸这边。埃拉和凯利柏照着船长吩咐扯帆,缩短或放长绳索,乔伊则拿着一幅标有他那块土地的航海图,每经过一处海岬和小岛,便急急地对照地形。一种奇

Isle des

Monts Deserts

特的紧张气氛弥漫着,连那只狗和牲畜们都朝着岸边的方向警觉地嗅个不停。

"只要再经过两处海岬就会看到。"乔伊对围着他的一小群人宣布,"跟图上画的一样。在我们东方的是老马礁石,远处比较大的是周日岛。住在那里的人姓乔登,我可以看到空地上的房子。他们是离我们最近的邻居。"

"他们的烟囱在冒烟。"苏珊接口。

"太好了。"达莉说,把怀里的婴儿搂得更紧。

玛格丽特把遮阳帽往后拉,好看得更仔细。雅各布和佩蒂靠过来,挨到玛格丽特身边。

"玛吉,你看那一边。"佩蒂说,"注意看我们的房子喔。"

"我们的房子喔。"雅各布也跟着说,一边用手指着前方茂密的树林。

"那里会有一个小海湾和一个很好的靠岸地点。"乔伊说,"一边是云杉林,一边是开垦的空地。房子应该会在比较远的位置,离水边大概一百五十码。很快就看得到。"

船上没有人说话,专心看着伊莎贝尔号朝着目的地的岬角驶去。唯一能听见的是浪花在黝黑的峭壁下发出低沉的拍打声,以及一只海鸥在杂草丛生的礁石上啼叫。

玛格丽特感到胸部靠着栏杆的位置,心脏在那儿扑通跳着。她不禁抓紧了雅各布和佩蒂的小手。突然!一片不该出现的空旷进入眼帘,使她像被狠狠敲了一记似的。

新的落脚处

　　前面就是乔伊说的小海湾和泊船的鹅卵石海滩,一边是森林,一边是空地,甚至还有一条小径从海边蜿蜒伸向房子的位置——但是没有房子。只有一片平坦的绿地,在午后的阳光下显得空洞又寂寞。

　　足足有一分钟没有人开口。乔伊茫然地瞪着前方,航海图松垮垮地从手上垂下来。凯利柏和埃拉像石像似的站着不动,达莉的眼睛和孩子们一样瞪得大大的。

　　打破沉默的是雅各布,他尖叫着:“它在哪里? 我们的房子呢?”

　　“只有老天爷才知道。”他的母亲回答,声音在颤抖。

　　那天他们所感受到的绝望,比前一天笼罩伊莎贝尔号的灰色浓雾还要冷,还要沉重,玛格丽特永远也忘不了那种感觉。达莉的大脸上挤着烦恼的皱纹,乔伊晒黑的脸像花岗岩一样冷硬,甚至连埃拉也只是默默地把吓坏的小孩和玛格丽特送上岸,好像成了哑巴。阳光悄悄消失在高耸的云杉林后方,这一小群愁眉不展的人仍旧徘徊在小径尽头一个熏黑的地窖遗迹旁边。

"它应该就在这里!"乔伊不断重复说着,好像这样就可以改变事实似的,"这是烟囱的一部分,是用海滩拖回来的石头砌成的,跟福林特说的一样。"

"不要对我提到他!"达莉爆发了,"他根本是骗你买下这块地。我早就怀疑没有这样的好事,要不然他为什么要离开?但是你偏偏不听劝,好了,现在看看你把大家搞成什么样子——连个住的地方也没有!"

"达莉,我会再盖一栋房子给你。"乔伊说,"只要有树木和斧头,你和孩子们绝不会风餐露宿。"

达莉没来得及反驳,海上传来一声呼叫声。两个男人划着一艘平底小渔船进入他们的小海湾。南瓜一马当先冲过去对他们汪汪叫,其他人也急急跟在后面。玛格丽特怀里抱着黛比,身边跟着两个小小孩,跑在最后。来人之中有一个一头白发,背驼得很厉害,另一个则跟埃拉的年纪相当,宽肩方脸,皮肤黝黑。玛格丽特明白他们是为了重要的事而来,因为她还没走到他们旁边,就清楚地听到"红番"这个字。

他们是住在周日岛的邻居——赛斯·乔登和他的儿子伊森,他们带来的果然不是好消息。

他们说,近来东边及加拿大方向经常有泰拉提族来犯,而且攻击越来越厉害,因此福林特和其他几户人家都放弃土地离开了。福林特离开时这房子还在,是红番把它烧掉的。春天的时候,他们在那里举行了好几天祈祷仪式,还杀了两个拓荒者,吓得其他人逃到周日岛乔登他们家避难。

福林特确实对乔伊隐瞒了不少事情,他们说。在这一带海岸定居都非常危险,这处海角尤其糟糕。印第安人对这儿特别有兴趣,好像这儿有他们宗教的意义。每年暮春他们都会成群结队张牙舞爪出现,对白人侵入他们的地盘充满了仇恨。

"我们这儿有一个人被抓去加拿大待过一段时间,懂一点印第安人的语言。"伊森说,"他说印第安人称这儿叫做'神灵之地',他们不能忍受白人在这儿开垦。"

"没错,这块地不太吉利。"老乔登插嘴,"我们当然愿意帮助新来的人啦,可是在这里开垦真的是自找麻烦。选一个小岛吧——附近还有很多小岛可以划地成家哪。"

"我不要其他岛,"乔伊绷着脸说,"这里是我的地,我有权利待在这儿,红番凭什么阻止我。"

"这不只是你一个人的危险。"老乔登说,"我们其他人可不想一起丢掉头皮哪。"

他们又谈了些别的事,不过气氛很紧张,好像印第安人就躲在旁边的森林里一样。直到快要回去时,赛斯·乔登才对达莉友善地说:"我的姑妈黑普莎跟我们一块儿住,她已经七十好几了,可是还像条鞭子一样灵光。如果你去拜访她,她会很高兴的。"

这晚,一伙人无奈地回到伊莎贝尔号上过夜。大人们严肃地又讨论了好几个小时,但是玛格丽特已经累得不想听了。她凝视着海平面上逐渐变暗的天光,眯起眼睛想看清远方那座海上山脉。不知何故,那座高低不平、有个法国名字的丘陵深深吸引着她。隔天早上当她从舱房爬出来时,很高兴又看到它。虽然她觉得自己很傻气,还是对它无声地用法文说了句,"日安!"

男人们已经扛着工具到更上面的林子干活去了。那里的树木比较高大,适合盖房子。乔伊和埃拉各操着斧头和十字镐,杭特船长和凯利柏也配合着帮忙,说话声和斧斫声清晰地越过水面飘到船上。过了好一阵子,他们才收工回船。

午餐是速成布丁。男人们累得不大说话,乔伊仍然像昨天一样沉着一张脸,孩子都不敢接近他。吃过饭后,他们开始讨论怎样把牲口弄上岸,大家都觉得最容易的方法莫过于把它们丢进海里,让它们自个儿游上岸。

"它们总是直直往陆地游去,"船长向他们保证,"那头小奶牛现在已经够强壮了,绵羊会跟着牛游的。"

他们先让玛格丽特、达莉和小孩坐小船上岸。乔伊和杭特船长回去森林里砍树,留下埃拉和凯利柏负责把牛弄下水。玛格丽特她们就坐在岸边的大石上,看着船上两个人进行这件说比做来得容易的任务。他们花了好大工夫把牲畜赶到船边,绵羊虽然惊慌地挣扎个不停,但至少以人的力气还拖得动;老牛布兰多可就无法对付了,因此他们决定让绵羊先下水。它们果然拼了命往岸上游,不过上岸后玛格丽特和双胞胎跑了好一阵子才逮住浑身湿淋淋的绵羊,又拖又拉带到拴绳处。

埃拉和凯利柏想不出办法让母牛下水,突然心生一计,想让小牛先下水。果然,小牛一碰到水就大叫起来,母牛救子心切,很容易就被推下船了。糟糕的是,小牛不知道要游向岸上,反而往反方向游去,而母牛不但吓坏了,又被先前在船上的挣扎搞得糊里糊涂,完全失去方向感,竟然随着小牛游向外海,两头牛就这么朝着周日岛和海岸之间的宽阔海峡前进。这条海峡有一道很强劲的水流通过,偏偏这时候正好又是退潮。

他们还没来得及搞清楚状况,乳牛母子已经离伊莎贝尔号有一大段距离了。海水非常冰冷,然而牛似乎毫无知觉地继续用力游着。在落水之前,不知哪头牛踢翻了吊在船边的平底小渔船,桨也掉到海面,害得埃拉无法立刻放下小船去追它们。他沿着绳索溜下去,忙着把小船扶正,这时一大一小两头牛已经越游越远了。

"哎呀,它们会淹死!"双胞胎尖叫着,着急地跳个不停。

达莉只能绝望地盯着海面的牛头,一个字也说不出。

玛格丽特心慌意乱,双脚却飞跑起来。她一路沿着海滩跑,一颗鹅卵石被踢起来,清脆地打在她的脸颊上。她跑到载他们上岸的那艘小船边,毫不迟疑地抄起一支桨,站在船尾使尽吃奶的力气把船推出去。她好几个月没有握过桨了,但是此时她想也没有多想。小船摇摇摆摆地擦着鹅卵石滑进水中。船上和岸上的人看到她的举动都喊起来,叫声传进她的耳边,但是她只摇摇头示意,拼命弯身划着桨,只偶尔从肩膀往后看,寻找在水面起落的黄褐色牛头。

"老天爷!"她咬紧牙关喃喃自语着,英文和法文乱七八糟地混在一块。"它们不能淹死。一定要救它们!"

然而,现在没时间祷告了,她必须用全部的力气划桨,只要划进那道潮水就会快得多,但是牛也会被潮水带着走。偏偏这对桨又很难使,它是成年男人的尺寸,不是给她十三岁的细胳膊用的。不管那么多,她咬着牙抓紧它,光脚用力顶住系绳的木栓,弄得脚趾头发疼。她感觉到额头渗出汗珠,沿着脸颊滑下来,流过嘴唇。

现在她和牛的距离好像稍微近了些,但另一个念头又使她担心起来。牛可能已经很累了,说不定她还没划到之前它们就沉下去了。她再加把劲,小船飞也似的往前冲。几分钟后,她终于可以看清布兰多和小牛的褐色头高高地伸出海面,惊慌的眼睛骨碌碌地转动。由于她没有绳子可以套住它们——即使有,她也可能套不准——因此她决定把它们诱往半公里外的周日岛。如果它们游进了海峡的急流中,那就真的前功尽弃了。所以她尽可能把小船划近它们,甚至拿起一支桨猛击小牛,用剩下的力气大声喊它们。

小牛似乎已精疲力竭,老布兰多也越游越慢了。

"这里,布斯……这里,布斯!"她尽可能模仿凯利柏的口气呼喊,并把小船往岛的方向划去。她觉得过了好久好久,才满怀感激地看到它们调头跟着她游了。埃拉和凯利柏已经划着平底小渔船赶过来,但她得先把牛赶上岸。她一面划桨,一面回头往后找登陆的地点。她看到一处小海湾,上方有开垦的空地。

老布兰多褐色的肩部露出了水面。那表示它踩到底了。过一会儿它终于挣扎地走上岸,小牛虚弱而蹒跚地跟在它身后。

"噢,老天爷!多谢您!"她叹了一口气,然后一头栽倒在桨上。

她突然觉得全身无力,头晕目眩,耳朵里嗡嗡作响,好像有个巨大的贝壳压在耳边。她模模糊糊地知道埃拉站在水里把船拉上岸。

过了一会儿,埃拉把她半抱半拖地带到一块长满豌豆藤蔓的干地上,让她躺着。

玛格丽特微弱地说:"牛没事了吗?"

"没事了。"埃拉说,"你干得好。在这里好好躺一下,喘口气。"

她乖乖闭上眼睛。太阳暖烘烘地照在眼皮上,心也跳得没那么快了。她听到凯利柏的声音,"这里,布斯……这里,布斯。"远远的下面传来海浪冲刷鹅卵石的声音。要不是她的背和肩膀疼痛不堪,躺在这儿真是再舒服不过了。

然后她听到埃拉的声音和另一个人的声音混杂着传来。那是一个像小鸟一样高亢而活泼的女声。

"哎呀,真想不到!"那开朗的声音说,"要是我知有客人来,我一定会亲自下来迎接。"

黑普莎姑妈

　　玛格丽特张开眼睛,看到一个瘦小的老婆婆走过来,弯着腰低头看她。老人的样子像一棵套着印花布衣裳的弯弯曲曲的苹果树,眼角全是皱纹,明亮的黑眼珠觑着她。

　　"老天爷!"老婆婆又说,她一头整齐旁分的白发古怪地歪向一边,"你不是红番吧,是吗?"

　　玛格丽特微微露出笑容,凯利柏却抢着说道,"她是法国人,两个反正差不多。"

　　"哦? 这倒是新鲜。"老婆婆说道,一张脸笑起来更加布满了皱纹。"那也没关系,我想在大老远追赶那些讨厌的畜生之后,你一定会喜欢喝点牛奶,吃点刚出炉的面包。没错!"她摇着头说,"我从屋子看到你,就马上赶到岸边来啦。"

　　玛格丽特不由自主地跟着老婆婆和其他人走向一条小径。她呼吸仍然急促,全身酸痛,但她觉得即使这时老婆婆叫她去攀登悬崖,她也会去。

"黑普莎·乔登——我的名字。"老婆婆一面说,一面带他们走向一块四方形空地上的房子。"我是赛斯的姑妈,他们应该提过了。"

她走得很快,印花布的裙摆一抛一抛地掀到脚踝上方;脚下穿的则是手制的牛皮便鞋。那是一栋方正的房子,灰色宽木板受风吹雨打而褪色,旁边连着一些储藏小屋和其他功能的矮房子,玛格丽特觉得好像一只母绵羊带着一堆小羔羊;但是令她惊奇的,却是房子前门边怒放的花朵。在这个荒岛似的地方竟然能看到粉红色的丁香花、向日葵、牵牛花,甚至一丛红褐色的玫瑰花,简直是个奇迹。女孩喜悦的惊叫使老婆婆非常高兴。

"如果我没有一花园的花,我就不觉得自己真正安顿下来。"她看到玛格丽特赞叹着玫瑰花丛,不禁微笑地补充说,"那剪枝是我从波士顿带来的。赛斯发誓说它一定种不活,但是我比他清楚多了。要种死一丛玫瑰可不容易呢。"

"就像某些家伙一样,哎?"埃拉笑着说。

"如果你是说我,那就没错。"她回答,"当我告诉赛斯我要来这里时,我已经七十三岁了,从那时起我一天也没生过病。在那边的储藏小屋里有我的织布机和纺车。当我们为羊剪毛后,就把羊毛放在那里,我在那里染啊纺纱啊做我的编织。我可是做这种活儿的好手。可惜没有女人家帮我做家事,好让我可以编织、缝补和晒药草。所以我才告诉伊森说,该是他找一门媳妇的时候了。"

他们坐在充满阳光的厨房里,吃着刚从砖砌烤炉拿出来的玉米面包,一边用黑普莎姑妈说是她娘家从苏格兰带来的白镴铁杯喝着牛奶。美味的食物和宁静的厨房固然令人欢喜,但最有趣的还是听老婆婆生动地谈她自己以及四处邻居的事。

"赛斯说你们还带了一堆娃儿来?"她一面为他们重新斟满牛奶,一面说,"史丹利家里有三个孩子,他们住你们西边,不过离你们家得大半天航程才到得了。然后是摩尔斯夫妇——希伦和玛丽珍·摩尔斯。小两口带着一个周岁的婴儿,最近才住到海豹湾的岬角。今年春天红番惹麻烦,他们到过我这里避难。威尔一家人住你们东边不远的那座岛,他们有四口人——纳森和汉纳夫妇,儿子提摩西,女儿艾比。她很聪明,我是说艾比,现在该满十八岁了。"

"而且也很漂亮?"埃拉笑着问。

"你最好问问伊森去。"她点点头,表示很清楚埃拉问的是什么。"他一有机会就上那儿,我可不相信他是去拜访长辈。他们家提摩西人很好,而且工作认真,只可惜是个斗鸡眼——在一周的中间日子出生,往两边的星期天望——我娘总是这么说的。"

他们全都笑起来,一股安详满足的气氛洋溢在厨房里。玛格丽特静静地听着他们的对话,她觉得自从法国搭船前往新世界的那天起,自己似乎就没了感觉,直到这一刻为止才又恢复了一点。她无法以言词形容,只觉得这儿就是一个安详宁静的地方,永远有着灰木板墙、白镴铁杯、满园子与大西洋对岸一样漂亮的花朵,还有一位仁慈的老婆婆,一面聊天一面用织针一搭一搭的和着她的话。

可惜的是不久他们就得告辞了。乔登父子从森林里回来听到牛的事情，便提议要帮忙把两头牛运回对岸。他们的态度很明显还是不赞成萨吉特家在那个海角定居，但是邻居有困难时他们还是会帮忙。玛格丽特轻轻叹了一口气，随着埃拉和凯利柏站起来。

她快走到门坎时，黑普莎对埃拉说："今晚让这女孩留在我这儿吧！她追那些畜生可累坏了。我叫伊森明天再送她回去。"

玛格丽特紧握着双手，生怕他们看穿自己有多高兴。她敢说如果乔伊和达莉在这里，一定会一口回绝。还好凯利柏走在前头，听不到黑普莎的话，而埃拉对这种事却无所谓。

埃拉果然爽快地答应，玛格丽特兴奋得几乎跳起来。

"叫我黑普莎姑妈就好，跟其他人一样。"老婆婆对玛格丽特说。她们站在门边看着男人们安排运回两头牛。他们用绳子把母牛系在平底小渔船后面，而小牛则紧紧绑在小船的船身上。

"我不会对你摆出一脸势利相。不管你是女佣还是什么，对我来说都没有两样。我只喜欢聪明又懂事的女孩。"

玛格丽特听到这些话，脸红了一下。她突然意识到自己穿着破破烂烂的衣裳，头发乱糟糟，皮肤不但晒得黝黑又满是污垢，因为多天来根本没有肥皂和清水可洗澡。老婆婆好像知道她在想什么，不说一句话就带她进屋，来到正对大门的一个房间里。女孩再次惊奇地张大了眼睛，因为房间里摆着一张精致的樱桃木床，床上铺着上好的床单和百衲被，窗户是小片玻璃拼成的，窗旁放了一张矮椅，椅边有个针线包和缝纫篮。

"这是我的卧房。"老婆婆自豪地说,"这间屋子一般是用来当起居室,不过赛斯想让我住最好的。这张床我从结婚用到现在,床罩是我自个儿缝的,里头塞的羽毛也是我亲手挑的。棉被里是我们自家的绵羊毛。"

她拿出一条鸟眼花纹的厚毛巾,说,"如果你想洗澡的话,这条毛巾给你擦身体。那个水桶装满了水,肥皂放在那边的肥皂盒里。"

玛格丽特自然不多客气。老婆婆出去后,她立刻脱下衣服,站在一块灯芯草垫子上,用肥皂和水把全身彻底擦了个遍。肥皂涂起来既柔软又有泡沫,木桶里冷冽的水,使她精神为之一振。

她往身上泼着水,然后用毛巾擦干,觉得自己就像洗去过去这些日子来所有的劳苦、屈辱和尘垢而获重生一样。她一边把黑发绑成辫子,一边唱起比尔叔叔教她的《在亚威农的桥上》。她唱得很快,一遍又一遍,因为旁边没有人会责怪她说法文。

让我们跳舞,让我们跳舞。
在亚威农的桥上,
让我们跳舞,围成一圈。

当她穿回原先那件麻布衣服时,不禁想着,"真是可惜啊,不能换件干净的衣服。不过奶奶常说,人在世上不可能拥有每样东西。"

她把房间收拾干净，肥皂水也倒掉后，便去找黑普莎姑妈。老婆婆正在编织小屋里，弯腰在一个巨大的铁壶里弄什么东西。小屋里堆满了还没整理的羊毛，以及一束束染过色但还没纺的毛。小屋里空着的那一半，则被一具纺车、一台结实的木制纺织机、一具缝被架和滚动条占满了。

"这些染料一天必须搅上两次才能成功。"黑普莎姑妈拿着一根结实的棍子，一边弯着腰搅拌，一边说，"至于什么时间我才有空来染这些羊毛，把它织成布，我就不知道了。"

下午的阳光由门口射进来，把一束淡红色的羊毛照得有如樱桃般艳红。玛格丽特站在那里看呆了——在法国她曾经看过纺织妇和女花边师，却从来没有看过这样的小屋，更不曾看过染锅边站着个像黑普莎姑妈这么古怪的小老太婆。

她偷偷想："要不是她这么亲切，或者要是我不认识她的话，我一定会以为她是个巫婆哩。"

过了一会儿，黑普莎姑妈又说："我们何不到上边的草原走一遭？我老早想摘些月桂叶，那可以做成上好的黄色染料。我需要一些黄色染料来混合手头这种褐色，好给伊森做冬天的亚麻内衣。"

于是她们沿着云杉树林间一条陡峭的小径，一直向上走到一处较高的大片绿地。只见山坡上密密麻麻散布着绵羊群和灰色的大石块。远处的灌木丛中不时响着公绵羊的铃声，海浪轻轻地拍打着外围的礁石。

"这真是个美丽的岛。"玛格丽特说，"我不知道它有这么大呢。"

黑普莎姑妈同意道，"是啊，很美丽。我们大概十年前来到这个岛，那天正好是星期天，所以就喊它周日岛。赛斯和伊森把整个岛踏遍了，连走不过去的云杉林也设法开出条路来。不过我现在不出远门了，因为房子令我流连。如果我有一个像你一样的年轻娃儿，我想我会多出来走走。"

"你自己没有孩子吗?"玛格丽特迟疑地问。

"本来有，好多年前，两个孩子和我男人在一场流行热病里全死了。不过我帮着赛斯养大伊森，他就像我亲生的。"

花布灌木之歌

　　她们已经走进了草原,月桂树翠绿又茂密,她们得用手拨着前进。这些树叶稍微折伤就发出一阵强烈的辛辣气味,但非常好闻,玛格丽特忍不住不停地嗅着,好像她变成了一只初次踏进草原的新生小驹。由于刚刚用力刷洗过皮肤,又在阳光和海风中爬了一段路,玛格丽特感到自己的脉搏强劲有力地鼓动着,身体又轻又灵活,充满朝气,变了个人似的。

　　从草原看下去,只见成排浓密的枞树和云杉逶迤到海岸边。乔登家的烟囱正冒着烟,门前庭院鲜艳的花朵依稀可辨。往海上看,西南方海平面浮现的遥远轮廓是狐狸岛和鹿儿岛,窄窄的海峡对岸是萨吉特家的小海湾,还可以看见停泊在那儿的伊莎贝尔号。远远的东边海面有许多小岛,以及一条起伏不平的淡蓝色山脉,那就是沙漠山岛了。

　　看到沙漠山岛,玛格丽特觉得像看到故乡一样。就好像她也可以成为这片陆地、海洋和天空的美景的一部分。虽然她清楚地知道,自己双脚踩在周日岛的月桂树丛间,但是她的灵魂已飞越海岸的云杉和礁石,轻飘飘地到达那处属于法国的海上山脉,以及那片连接着她的故乡的大海。

黑普莎·乔登用一只手遮着眼睛,同样地看着这幅海景。

"我说啊,一个人偶尔到这上面走一遍对自己只有好处,有些人紧紧贴着厨房的炉灶,哪一天太阳打西边出来也不知道。喏,孩子,拿这个篮子去采,只摘最上端的嫩枝,以后我们再把叶子剥下来。我要到那儿去找一些毛蕊花的叶子。拿毛蕊叶加牛奶煮,治疗小病小痛再有效不过了。"

玛格丽特一边把芬芳的月桂叶放进篮子,一边又唱起歌来。她在草原中移动时,旁边的绵羊有时候会咩咩叫起来,有时候又静静站在那里,用明亮却呆笨的小眼睛瞅着她。不久篮子装满了,她走去和黑普莎姑妈会合。

黑普莎姑妈站在较高处一块半悬空的岩石上,岩石之间的每个缝隙和缺口都长着矮小的植物,其中一种矮灌木开着深粉红色的小花。

"这是绵羊月桂,是山月桂的一种。"她说,"一般人都喜欢山坡上那种高的山月桂,不过我觉得这种山月桂更漂亮。本地人叫它'花布灌木',有一首民谣就以它作歌名。"

玛格丽特想听她唱,但是黑普莎姑妈说时候不早了,晚饭后,如果赛斯也愿意拉拉小提琴,也许可以唱给她听。玛格丽特真希望永远待在这片草原,但时间已晚,该回去了。她们沿着来路走回去,女孩随口谈着自己过去的事,像勒阿弗尔镇、奶奶和

比尔叔叔,修道院里教的刺绣等等。

"实在可惜,你这么好的技巧在这种乡野地方都要忘光了。"老婆婆说,"新的布贵得跟银子一样,孩子们穿的衣服件件都嫌小,哪儿有衣服来刺绣。我第一眼看到你就知道你是有教养人家出身的。虽然你年纪还小,你受的苦却超过你的年纪,不过你会平安度过的。没错,一棵大树会折断,一棵小树只会弯腰。"

她们经过树林时,老婆婆发现两枝晚开的拖鞋兰。她把它们跟毛蕊叶放在一起,解释说这种植物可以泡茶喝,对焦躁不安的病人有镇静作用。玛格丽特心想,这位老婆婆脑袋里装的知识比大多数人不知多多少倍。

"几乎每种病都有一种药草可治!"她又说,"这一点我倒要称赞红番——他们对植物比我们的医生和药师高明多了。"

厨房里炉火和烛光摇曳,比下午时更加悦人。自制的月桂叶酱汁香气浓郁,和她们摘来做染料的月桂叶味道很像。她有点畏惧赛斯和伊森,不敢说太多话,而他们两人也不大理睬她。他们告诉黑普莎姑妈,不管他们如何警告,乔伊·萨吉特都铁了心要在那个海角定居下来。

"连一英里也不肯退!"赛斯说,"任何人的意见他都听不进去,他决定就在原先那个地窖上盖房子,用圆木头盖,老天!傻瓜都知道这季节根本不能砍树,因为树干里面太潮了,但是他照砍不误。我说:'等它一缩水你就麻烦了。'说了半天还是白费口水。"

伊森则滔滔不绝地说他要跟杭特船长回朴次茅斯一趟。他和提摩西·威尔一块儿去,同时在伊莎贝尔号后面牵一艘单桅帆船做回程用。

"现在这天候看起来可以维持到七月，我们肯定回程时会风平浪静。这样也有个机会补充些日用品。"他说。

他爸爸有点犹豫，因为一来，他实在不想少一个人帮忙收割庄稼。二来，红番总令人担心，不管对上路的人或待在家里的人都是个威胁。不过他同意在杭特船长回航之前考虑这件事。

黑普莎姑妈说话了："伊森，如果你真的要去，你可以再给我捎一样东西回来，那就是靛青染料。其他颜色的染料我都可以凑合，但是不放进一点靛青就是做不成蓝色染料。"

"难道你的颜色还不够多，非要蓝色不行吗?"伊森笑着问她。

"对大部分的拼花布来说，那些颜料是够用，不过你知道我一直想要缝一床'喜悦之山'图案的棉被。如果我没法儿把它弄成我喜欢的蓝色和暗黄色，我还不如不要做算了。"

伊森说："好啦，如果是这样，就算花多少时间，我也会给你找一袋靛青染料回来!"伊森有一种淡淡而单纯的笑容，很适合他宽阔的体形和又浓又黑的眉毛。玛格丽特也喜欢他，不过没有喜欢埃拉那么深。

这时，赛斯听了姑妈的吩咐，便拿出小提琴开始调音。当琴弓划过琴弦发出第一个音符时，玛格丽特兴奋地喘了一口气。自从比尔叔叔的小提琴随着他葬身海底之后，她就再没有听过小提琴了;更不用说在这个遥远而蛮荒、一个可能随时有红番来袭的地方，小提琴的声音真是不同寻常。

赛斯的技巧没有比尔叔叔那么好,他的手指不够灵活,而且小提琴还少了一根弦。不过,任何旋律玛格丽特都觉得好听,何况这首叙述一场悲恋的民谣还带着特有的悲伤。

"黑普莎姑妈年轻时可是唱歌的好手!"伊森在调弦的噪音下对玛格丽特说,"除了《花布灌木》,她还知道好多歌。"

老婆婆的双手叠在膝头上,开始歌唱。她的歌喉依旧甜美,只不过高音处有点颤抖。从头到尾她都没有停顿,也没有唱错一个字。玛格丽特专注地聆听,生怕自己英文不够好,漏听了一些句子。

印花布呀,小树枝印花布,

我的爱人茱迪,央求我为她

找一块小树枝花样的印花布做新娘衣,

为此我得远去朴次茅斯,

在暴风雪中走二十英里路。

印花布呀,小树枝印花布!

噢,茱迪,为什么你要我

在北风中上天下地?

牧师会为我们证婚,我知道,

无论你穿着拼布还是印花布。

但是她摇摇头,不肯接受一个"不",

因为她一心要定印花布,

噢,印花布呀,小树枝印花布。

当她坐在火边弯腰缝纫，
我就此出发，因为我这么爱她，
这么爱她而不愿让给黑眼珠的乔，
只为了我没给她印花布。
噢，印花布呀，小树枝印花布！
大雪纷飞，狂风猛吹，
我走走又停停，
直到夜晚如一只漆黑的乌鸦降临，
一点灯火都没有，
印花布呀，小树枝印花布！
我躺在花布灌木下，
寒冷和飘雪使我筋疲力尽。
"噢！莱迪。"我伤心喊道，
"诅咒我们的爱情和印花布吧，
印花布呀，小树枝印花布！"
他们直到春天才发现我，
从头到脚体无完肤，早已死去。
眼泪从我的莱迪眼中流出来，
"噢，我那残忍的骄傲使他倒下，
我的爱人因为印花布而死，
为了印花布呀，小树枝印花布！"
因此，经过花布灌木的少女，
想想这则久远的故事。

不要把你的心放在华丽的装饰上，

以免你将来要诅咒小树枝花样的印花布，

印花布呀，小树枝印花布！

这首歌唱完之后，厨房里一片寂静。伊森最先打破沉寂，起身爬上阁楼睡觉去。

他嘴里咕哝着："真是个大笨蛋，那个家伙。我说他活该被冻死。"

"那是因为他爱她太深了呀！"玛格丽特叹口气，满足地说，"而且民谣就该这么悲伤的。"

"哼，我只知道我的声音已经不如从前了。"黑普莎姑妈点着头说，"就像我的开司米羊毛披肩一样——有些地方有点薄。孩子，睡觉吧。"

玛格丽特跟着她走进卧室，在那张宽大的老床上并排睡下。她的脑海里翻搅着岛屿和海水、染色的羊毛、草原的药草，还有忧伤的民谣旋律。

隔天早上，离开的时候到了。老婆婆和女孩已经产生了一种深厚的情谊，因此，即使玛格丽特的道谢词说得笨拙又结巴，黑普莎姑妈却也好不到哪里去。

"再见了，玛吉！"老婆婆从门口叫住她，"你想过来时就过来吧。"

第二章

秋　天

上 梁 日

那一天应该是九月一日——假如埃拉在门槛边柱子上每天刻下的刀痕数目准确的话。不过，即使没有这根日历柱，也没有快完工的圆木头房子和开垦好的玉米田景象，玛格丽特觉得自己仍旧会知道夏天已经结束了。菊花和红莓果会告诉她；沙漠山上越来越深的薄雾也会；还有就是从早到晚唧唧叫个不停的蟋蟀。

"它们用后脚互相摩擦，声音就出来了。"前一天傍晚，睡在临时小屋里的云杉树干床铺上时，双胞胎解释给她听。

但是秋天正式来临的这天早上，他们却没空聊到蟋蟀和季节的关系，因为这天是一个大日子，是他们期待了好几个月的日子。

"嗯，今天这个上梁日的天气不错。"太阳还没有从海平面露出整张脸，达莉已经迫不及待地宣布。"真是谢天谢地。昨天晚上我听到起风，想到暴风雨会让大伙儿来不了，吓得我心脏都要停了。"

"而且还会害得杭特船长回不去。"正在海边的简易石灶上生火的乔伊加了这一句。

玛格丽特和孩子们一样，等不及活动赶快开始。她从来没有听过上梁日，结果又惹得凯利柏对她嗤之以鼻。

"你以为不找别人帮忙，我们在冬天以前能够把屋顶盖好吗?"他比平常更轻蔑、更不饶人地说，"拿我们自己做的部分来说吧! 先砍木头，把它们拉到这里，再竖起来，光这样就花了爸爸、埃拉、船长和我整整一个夏天哪! 我告诉你，说到盖房子，女人家都是一窍不通。"

埃拉和孩子们不像凯利柏那样什么都不解释。玛格丽特从他们那儿得到的印象是，上屋梁简直等于举行一场庆典。不管邻居和这家人处得好不好，当他要盖上屋顶的时候，附近所有的人都会过来帮忙。这不只是义不容辞的公共事务，也是趁机打牙祭的好机会。

所有的邻居待会儿就要到了——周日岛的乔登家，西边的史丹利一家，东边的威尔一家，海豹湾的摩尔斯夫妇和小婴儿。上梁本身已是大事，还加上伊莎贝尔号要启航。杭特船长曾经有两次准备出发，但是一次提摩西·威尔因为手臂发炎而卧病在床，另一次是印第安人来袭的谣言使他们耽搁了。伊森和提摩西要跟船到朴次茅斯，在那里杭特船长再找别的帮手驶向波士顿。两个年轻人早已接下长长的委托单，要他们捎回食物补给、农具、布料等日用品。

"我猜他们总要做完杂活儿才出门吧!"达莉说。她已经在准备玉米粉、牛奶,以及昨天和玛格丽特一起做的奶酪,忙得不可开交。

凯利柏划着平底小渔船去钓鱼。远远的,他们看到他长着耀眼金发的头歪向一边,熟练地拉着渔线。他是个钓鱼好手,多亏了他,他们已有了一长串的鳕鱼和黑线鳕当过冬的存粮。

黑普莎姑妈说这孩子是"一个有前途的男孩。当然喽,在他们半大不小的时候,还不能断定有多大本事,不过我相信他以后会比史丹利家的安德鲁能干"。

玛格丽特没有见过安德鲁,她希望他不会像凯利柏对她那么坏。

她和双胞胎正帮着拔几只野鸭的毛,那是船长和埃拉猎来给大餐加菜的;雅各布和佩蒂则不停地跑去又跑回,采来许多冬青树枝和蔓刺虎浆果,用来装饰盘边。玛格丽特旁边的苔藓地上放着一架木头摇篮,黛比坐在里面踢着腿,高兴地咯咯笑。玛格丽特得经常放下手上的工作,推推摇篮让它继续晃动,偶尔还要张望一下,免得婴儿扯掉披肩。

冷冽的空气从西北方吹来,但为了上梁日,黛比今天穿的却是棉布洋装,并非平日厚重的麻布衣服。她小小的脸庞已经晒得和其他孩子一样黑,头发也和他们一样被阳光漂得发白。

"黛比是所有人当中年纪最小的!"贝姬说,"就算摩尔斯家的婴儿今天来了,还是比黛比大吧!"

"他当然会来,"苏珊不屑地反驳,"他们才不会把他留在家里,要是红番来了怎么办。"

"拜托!今天不要谈到红番。"达莉正在桌边忙着,一听到这话立刻抬起头来斥责。"我已经有够多事要忙了,不想再去担心红番。而且,他们整个夏天没来,可别让老天爷听到你的话改变了主意。"

为了上梁日,木头桌子搬到外头来,达莉在桌上的大铁锅里搅玉米粉,看起来心情相当不错,大概是因为有那么多客人要来的关系。她穿着漂亮的印花布衣服,扎了一条干净的方头巾。她也找了点蓝纱线,扎在玛格丽特的辫子和双胞胎的马尾上。

然而就在此时,雅各布和佩蒂又跑了回来。他们手上抓着红色的浆果,小脸脏兮兮的,头发里到处是刺果和小树枝。

达莉大大叹了一口气,说:"唉,真希望把两个小家伙也换上干净衣裳。玛吉,我来拔毛,你快点带他们去泉水边洗刷干净。箱子里有毛巾、梳子和剪刀。"

玛格丽特用葫芦瓢舀起一瓢瓢泉水,倒在他们的手上、脸上,然后用粗糙的干亚麻毛巾刷他们的皮肤。

她一边洗,一边对两个抗议的小人儿说:"如果有肥皂,我就不会刷得这么用力了。"

"你把我的皮肤洗掉了!"佩蒂大叫。

"我的鼻子也是!"雅各布也喊。他的脸几乎跟枫叶一样红。

梳头发更是棘手。两人的头发纠成一团,用梳子根本梳不开,玛格丽特只好剪掉所有打结和缠住刺果的部分。

完成之后,她忍不住喊道:"老天!你们看起来就像被老鼠咬过一样。"说着笑了起来。两个小孩才不管自己变成什么样，迫不及待地跑回母亲身边。

玛格丽特仍然逗留在泉水边。她低头把整张脸浸在清凉的水中，然后把弄湿的头发梳平。此时，她突然强烈地想要看看自己的脸。在漫长而忙碌的日子里，她几乎忘记自己长什么样子了。

她跪在泉水旁的苔藓地上，等待水面的涟漪消退。一片枫叶翩然落在水面上，就像幽深的泉水突然燃着了一朵小小火焰。

水面平静后，玛格丽特看到那片红叶恰巧落在自己倒影的鬓边，好像插在发际似的，衬得她的椭圆形脸庞更加苍白。她打了一个寒战，一跃而起，猛喘了一口气。她不禁怀疑，是因为那片红叶，还是一个人真的可能对自己这么陌生？

她急急忙忙往岸边走去，听到凯利柏在小海湾那里呼唤。双胞胎向她跑来，兴奋地指手画脚示意客人的船快到了。果然，周日岛方向的海面上扬着一片三角形的风帆，另一艘船则从东边的海角驶来。

"玛吉，他们快来了！"贝姬大喊。

"快点，我们去迎接他们。"苏珊扯她的手。

看到这么多人聚在他们的海角上，实在像一桩奇迹。四艘船上的乘客纷纷走上海滩，玛格丽特忙着一一点人数。

首先是周日岛的三位访客。黑普莎姑妈满是皱纹的脸上充满笑意，手上提着一篮她为庆典准备的好东西。东边来的则是摩尔斯一家人——希伦、玛丽珍和他们的婴儿鲁本。

史丹利夫妇和三个强壮的孩子坐着一艘坚固的平底小渔船，从另一个方向驶来。操桨的是山姆·史丹利和他的大儿子——一头乱发的安德鲁。

最后出现的是威尔一家人。提摩西和妹妹艾比划着一艘单桅帆船，也就是准备带到朴次茅斯的那艘；他们的父母纳森和汉纳则乘着一艘较小的船。玛格丽特好奇地注视着艾比·威尔，她猜埃拉也和她一样好奇，否则他不会把伊森挤到一边，第一个冲到岸边迎接。

艾比穿着深粉红色的棉质长洋装，那颜色就像那天看到的深粉红色山月桂花；兜帽下是一张柔和的圆脸，淡淡的灰色眼睛，棕色鬈发垂在脸庞两边。她脚上穿着家里做的低跟牛皮便鞋，鞋带系在脚踝上。她踏上岩岸边石头的步子非常轻巧。

玛格丽特看到她鲜艳的长洋装和白色的针织长裤，不禁自惭形秽。她想到自己的两只光脚和不合身的肮脏麻布衣服，觉得无颜见人，但是黑普莎姑妈已经在叫她过去了。

"玛吉!"她掏着随身携带的印花布女红包。"看看这双长袜合不合脚。冬天快到了，我猜想你没时间为自己准备一双长袜吧。"

玛格丽特用颤抖的手展开长袜。它是用灰色羊毛织的，紧密又结实，顶端还镶了一圈红纱边。

"太谢谢了!"她激动地说，"实在很漂亮，我好高兴啊。"

"哪里的话，孩子，这算不了什么。把这个篮子摆到阴凉的角落，免得奶油融化。"

玛格丽特很想帮忙准备食物和餐桌，可是达莉却派她去照顾小孩。

"玛吉，把那些小萝卜头带开，别接近男人工作的地方。他们在那里碍手碍脚，万一被掉下来的木头砸到，那可不得了。"

凯特·史丹利是一个结实粗壮的九岁女孩，有一头亚麻色的头发；她的弟弟威廉比她小两岁，是个满脸雀斑的顽皮鬼。玛格丽特手里抱着黛比，领着另两家的孩子走到新房子的东边一角。乔伊已经在这里竖起一根坚固的竿子，把绳子绑在上面用来拖拉海滩的石头。

玛格丽特叫孩子们坐下，观看大人们干活。

"哇，他们那样就抬起木头，"贝姬喊道，"就像那只是小棍子！"

"一、二、三、四、五、六、七、八，"苏珊认真地扳着指头数着，"加上船长总共有九人。我这辈子从来没看过那么多男人一起工作。"

"那个拿着最大斧头的是我爸爸！"凯特指着，"他一砍下去，木屑几乎飞到这里来。"

"梯子上那个是我的叔叔埃拉，"雅各布骄傲地说，"他爬得最高！"

玛格丽特着迷地看着男人在九月的骄阳下走来走去。深色的粗大木头在他们稳健而迅速的动作下缓缓抬起，各就各位。偶尔总有一两根木头特别重或特别难弄，有时某一根在抬起的过程中突然掉到地下，才让人惊觉他们做这工作多么吃力。木头已经够重了，一根一根地抬起来之后，还要稳稳当当地嵌进下方木头的凹槽中，又要注意位置，否则屋子就会倾斜。在这群人背脊闪亮着汗珠的努力下，屋顶逐渐成形。

凯特对双胞胎姐妹说："我们家是木板房子，我爸爸从好远好远的锯木厂买来的木板。他说体面人家才不住圆木房子。"

"哼，有一天我们也会有木板房子！"苏珊立刻说，"红番把原来那栋房子烧掉又不是我们的错。"

"他们难道不会再来吗？"凯特理直气壮地说，"我爸爸认为你们在这里盖房子实在笨透了。"

"没错，"她弟弟插进来，"红番可能会再来找大家的麻烦。"

但是不一会儿男人们就发出了欢呼声——屋顶上终于架好了第一根圆木。这一来工作就算告一段落，大家纷纷往木头长桌聚拢，准备大快朵颐。

桌上摆满了丰盛的食物。玛格丽特的眼睛瞪得好大，长久以来，他们每餐都是鱼、玉米粥、浆果，现在却看到熏肉、烤野鸟肉、鸡蛋、玉米、豆子、炖南瓜和芜菁；用来抹玉米面包和速成布丁的则是奶油和蜂蜜。

达莉的差遣让玛格丽特一刻也不得停。一会儿端着摆满食物的木盘子给那些瘫在地上累得起不来的男人，一会儿拿东西安抚孩子的嘴，一会儿又赶着到泉水边提一桶干净的水。

她终于得了点空，拿着盘子在孩子旁边坐下来。她看到桌边聚集了这么多人，不禁充满惊奇，甚至忘情地打量着他们。大家都这么开心，这么朝气蓬勃，这么友好——多么难得的幸福时光呀。

在这样的气氛中,即使她发现别人在看她,有时也敢微笑以对了。艾比·威尔是唯一会以善意的眼神回报她的人,让她兴奋得心怦怦跳。她一面帮雅各布在玉米烤饼上涂蜂蜜,一面想着:有上梁日这样的日子真是好事。

所有的人尽情地高谈,轻松地大笑,这样的欢笑她一年没听过了。只不过偶尔某人说到"红番"这个字时,大家立刻噤声不语,飞快瞄一下森林旁边。黑普莎姑妈虽然年高德劭,却是大伙中最快活最没烦恼的人。她用机智来化解那些人的忧虑,遮阳帽的带子随着她点头的动作摇来晃去。

她笑容满面地看着大家,说:"我说呀,我打记忆以来就没有像现在和这么多人在一起。今早风转向时,赛斯怕我们会被浓雾困住,可是我告诉他别怕,因为前一天我的刀子掉下地时,正好是刀尖先落地。那就是会有同伴的征兆,错不了。它从不失灵。"

"她认为每一件事情都有征兆。"赛斯笑道,"如果月亮的轮廓不对,她就不许我种田。"

"这点她倒是对的。"汉纳·威尔说,"你们男人也许以为种植农作物是你自个儿的事,可是如果月亮的兆头好,那用处可大哩。"

"哼,你们全部的人加起来,也比不上一个黑普莎姑妈。"赛斯回答道,"即使连美丽的艾比也没她有用。"

"真是的!赛斯,"黑普莎姑妈笑着说,"满口蠢话。像艾比这样的女孩哪里需要看征兆预测未来？那玩意儿是给我这样的老人家用的。不过呢,"她又摇摇头,"如果允许我小小自夸一下的话,我倒要说我的眼光好得可以看穿一场石墙（意思是可以洞察人心）。"

听到别人谈论自己,艾比的两颊红得跟玫瑰一样。她坐在埃拉和伊森中间,身上的粉红色洋装下摆优雅地拖到苔藓地上。她很少开口,只在别人说到她时,才露出浅浅的笑意。有时候,左右两位护花使者对她低声说了些什么,她一边脸颊上的酒窝就显得更深了。

玛格丽特着迷地看着艾比漾着酒窝的笑容,心想能够穿粉红色的印花棉布洋装和精致的长袜,像那样地坐在两个年轻人中间,该有多好啊!

"玛吉!"达莉打断她的思绪,"快点吃完,帮我收拾剩下的菜。"

这时,黑普莎姑妈站了起来。

"让那个女孩再吃一点。"她说,"我来帮你收拾。她应该多吃一点,好长胖一些。"黑普莎姑妈经过玛格丽特身边,拍拍她突起的肩胛骨。"哎哟,这么瘦,要两个身子并排在一起才能做出一个影子。"

男人们懒洋洋地又躺了一会儿,才起身去干活。斧头和铁锤敲得更加有劲,逐渐的,屋顶在眼前卓然成形。凯利柏和安德鲁做助手,带着工具爬上爬下,一边吹着口哨或吼叫,以抒发他们自以为了不起的得意。

女人们这时都聚在清理过的木桌旁,各自摊开针线或拼花活儿。偶尔她们会推一下黛比的摇篮,或是把摩尔斯家婴儿身上的披巾裹紧些。玛格丽特很想加入她们,欣赏艾比的美好风采,或倾听黑普莎姑妈的有趣言辞;可是她知道她的职责是看住小孩,不让他们接近工地。

　　要哄住这么多孩子实在不容易。双胞胎和凯特·史丹利吵着要抢玉米秆娃娃,结果把娃娃身上的印花衣服撕碎了;威廉在削玩具船时割到自己的手指;还有,只要玛格丽特一转身,雅各布和佩蒂就会不由自主地往还没建好的房子走过去。甚至连狗儿南瓜,平常吃过饭后都要睡个觉的,今天也跑来跑去,到处嗅,又高亢地叫个不停。

　　"听它的叫声好像很害怕,"贝姬说,"也许它闻到红番了。"

　　玛格丽特当然不相信,但是南瓜真的坐立不安,反复地往泉水的方向跑去又跑回,然后对他们汪汪叫。

　　"我们跟去看看!"威廉·史丹利怂恿道,"如果真的有什么,我们赶快跑回来就是了。"

　　玛格丽特心想这么一小段路应该没有危险,便同意了。

　　南瓜走在他们前面。当泉水在望时,它背上的毛突然竖起来,发出一声低沉的咆哮,站在小径上犹豫不前。

　　他们顺着南瓜鼻头指着的方向看去——泉水边有一只巨大的黑熊,正在吃小桶中放凉的奶油。黑熊看到人类出现,便用两只后脚站起来,看起来简直比一座山还庞大。它的前掌长着长长的利爪,上面还滴着奶油。

熊的喉头发出生气的呜呜声，眼睛一转也不转地盯着他们。这段时间就像永恒那么久，然而事实上才几秒钟，南瓜便忍不住凶猛地咆哮起来，往前踏了一步准备扑上去。玛格丽特被它的动作吓醒了。

"不行，你会被杀的！"她大声说，一把捉住南瓜颈部的毛，但是粗糙的颈毛却从她的指缝滑脱了。

熊恢复成四脚着地，朝他们走来。它笨拙的脚掌走得很慢，但仍然越来越靠近。他们可以看清它脸上凶恶的表情和吐出的红色舌头。

"快，快跑！"玛格丽特对孩子们大喊，然而她自己却一个箭步往前跑，一把抄起留在泉水边的木制水桶——还好她先前装满了水，因为熊已走到她面前，不可能再去打水。

她发现自己正对着两只小而发亮的黄色眼睛，甚至感受到它呼吸的热气。下一秒她使尽全身力气把水泼出去。整桶水正中熊脸，泼上粗厚的黑毛后又向外溅开。泼了水，玛格丽特一刻也没有耽搁，径自转身拔腿飞奔。不过她仍往后飞快地看了一眼，看它是不是追上来。

还好，熊只发出一声吼叫，便掉头走回森林。南瓜也没追过去。

孩子们一面尖叫一面跑回空地，七嘴八舌地说着刚才的遭遇。男人们立刻放下工作，抄起毛瑟枪跑向林子，不过很快就两手空空地回来。

"从脚印看来，一定是个大家伙。"赛斯告诉大家，"幸好已经走了。它差不多把你的奶油吃光了,黑普莎姑妈。"

"熊肉可是很好吃哪。"安德鲁·史丹利懊恼地说。

"要是我们先看到它就好了。"凯利柏插嘴说,"我们才不会笨得把它吓走。"他朝玛格丽特皱了皱眉。

"我们又没有枪,我们能怎么办? 它直直向我们走来呢。"苏珊说。

"凯利柏·萨吉特,我想你一定不敢走到它面前,把一桶水泼到它身上吧。"贝姬也加入声援玛格丽特的行列。

乔伊把毛瑟枪放在地上,重新拿起铁锤。"玛吉,你做得对。"他简短地说。

"是呀!"达莉也说,"你得顾着孩子们。"

"这小姑娘的勇气有她身体的三倍大!"黑普莎姑妈赞许地点点头。

玛格丽特感到一丝愧疚感。当时她完全没有意识到自己在做什么,直到做了才知道。况且是她大意把奶油和水桶留在那里,否则她也无法用它来对付熊,还好达莉没有怪她忘了收起奶油的事。当然啦,受到赞美的滋味还是很不错,她有点飘飘然。

屋顶已经铺好,现在只剩下一些较琐碎的工作,像开凿门窗、用东西塞住圆木墙上的隙缝,以及在屋内进行一些锯呀敲呀之类的木工。这些工作人人有份,连年幼的孩子也得帮忙摘很多苔藓来让大人填塞木头缝隙。塞进苔藓后,再填入凯利柏和安德鲁从海湾搬来的泥土,敲打结实。

玛格丽特和孩子们一起在森林旁边摘苔藓。她用手扯起一大把苔藓,回头看看新房子那儿,人群中最耀眼的是艾比,她的粉红色洋装就像一朵山月桂花。

"艾比·威尔真是漂亮。"她对身边的几个小女孩说。

"伊森·乔登很喜欢她喔。"凯特说,"我妈说他一定会从朴次茅斯买些好东西送她。"

"我真希望我现在就是十八岁,不用再做卖身女佣。"玛格丽特叹了一口气说。

"就算你十八岁,你也不可能和她一样漂亮。"苏珊说,"你看她的鬈发和白里透红的皮肤。"

玛格丽特想起早晨在泉水里看到的黑瘦面孔,知道苏珊说得没错。

"如果一个女孩长得不漂亮,就得让自己加倍的好。"凯特接口,"我妈说若不这样你就结不了婚。"

女孩们就这么一路叽叽喳喳地走回去。

她们回到新房子那儿时,乔伊正在给窗子装玻璃。为了有备无患,他从玛布岬带来了十二块小片玻璃,但现在这只够给两个房间各开一扇窄窗,每扇窗镶六片玻璃。他先把玻璃用铅条固定好,然后钉死窗条。大门右边的那扇窗子差不多完成了,不过还得小修一下。

他对埃拉说:"你扶稳那边,我要把窗台敲小一点。"

当乔伊敲打的时候,凯利柏正好爬上屋顶。不知道是凯利柏脚步带来的震动,还是乔伊自己失手,铁锤突然滑脱,直直掉在全神贯注看着他们做窗子的雅各布头上。

雅各布大喊一声，便倒在门槛上，鲜血从额头喷出来。他动也不动，头浸着血，那一刻他看起来真像是死了。

接下来每个人都听着黑普莎的命令，像傀儡一样动作起来。玛格丽特发现自己已经把雅各布的头搁在腿上，正拿着干净布条擦他头上的血。

黑普莎姑妈对大伙儿说："他伤得不算严重。还好是打到头顶的骨头，要是靠近太阳穴我就没办法喽。玛吉，按住这块布，我去拿针线。"

"你要做什么？"达莉看到黑普莎姑妈在针上穿线，真是吓坏了。

"我得把伤口缝起来，这样伤口才能愈合。"黑普莎姑妈平静地说，"玛吉，你尽可能把伤口两边并拢。他再过一分钟就会醒过来，我得趁现在赶快把它缝好。凯利柏，你去舀一些海水来，我待会儿要用到。"

玛格丽特打了一个冷战。她清楚地看到鲜血浸透的头皮下露出了白骨，也知道黑普莎姑妈正在一针一针缝合那个大伤口。她看到了自己的手指被染红，大腿也感觉到雅各布头颅的重量，但这一切好像与她不相干似的，仿佛她只是观赏着一幅人们照料一个受伤小孩的图画。

"用力一点压，"她听到黑普莎姑妈说，"再一针就好了。"

她的太阳穴剧烈地跳着，意识开始模糊起来。突然，雅各布的哭声把她带回现实。因为黑普莎姑妈正在伤口上倒海水消毒，使他痛醒了。玛格丽特赶快拍着雅各布哄他。

黑普莎姑妈一面擦干净伤口，并把它包扎起来，一面说，"好了，没事了。一星期后他就会像新生娃儿一样活蹦乱跳。我会叫赛斯送一些药膏过来。怎么了，玛吉，你的脸几乎跟他一样苍白。你可不要昏过去！"

　　他们把雅各布放在阴凉处，用一条棉被包住他全身。这时，玛格丽特听到威尔太太对摩尔斯太太说，"他差一点点就遭殃了，那个小家伙。对新房子来说这可不是好兆头哇。"

　　"是呀！"摩尔斯太太摇着头，"还没搬进去，门口就见红，我觉得实在很不吉利！"

　　"哦，天哪！"一旁的艾比突然喊道，一脸惊吓模样，"你们不要再说啦，我全身都起鸡皮疙瘩了，真的。"

　　"征兆就是征兆，艾比！"她妈妈很干脆地说，"我这一辈子看过太多征兆，信不信由你。我跟你说，在这件事以后，如果是我，绝不会住那间房子，用一百个银钱外加六个瓷杯我也不干。"

　　"为了瓷杯我可愿意做很多事。"艾比叹气说。

　　威尔太太又说："你知道吗，刚刚铁锤打中那孩子时，黑普莎看了我一眼，表情怪怪的。她知道那不是什么好事，不过她不说罢了。"

　　玛格丽特很庆幸达莉不在旁边，没听到这些闲话。她很怕听到别人说征兆这一类事。

　　不久，她们的话题转到了伊莎贝尔号。玛格丽特这才松了一口气。

大海是宽阔的马路

杭特船长已经上船检查绳索和风帆，提摩西则不耐烦地站在岸边等着，因为伊森临时又跑回去跟艾比说悄悄话。玛格丽特看到他们站在不远处，艾比宽松的粉红裙子拍打着伊森的靴子和马裤，银铃般的笑声清楚地传过来。

伊森说完话，立刻跑下海滩，跳上平底小渔船。安德鲁·史丹利和凯利柏坐在船上，神气地划着桨，送提摩西和伊森前往伊莎贝尔号。时间已经接近黄昏，太阳往海平面斜斜落下，把海边岩壁上附着的海草染成淡红色。伊莎贝尔号乌黑的桅杆也照亮成黄色，老旧的帆被风吹饱了，显出一片淡金。

过一会儿，平底小渔船回来了，船上只剩划桨的两个男孩。远处的大船上，三个男人的身影忙着操弄绳索和锚链，下了帆的单桅帆船已紧紧绑在船后。

"潮水快涨满了。"赛斯说，"这风向正好让他们驶过海峡。"

乔伊说："船长好几个星期前就想回航了，他留下来纯粹为

了帮我盖这栋房子。"

达莉也说："真的，没有他的帮忙，我们简直不知道该怎么办。想到以后再也见不到他，我真是难过极了。"

"不见得是'再也见不到'吧。"埃拉提醒她。

"这个年头什么也说不准呀。"达莉正经地回答，"有他在我总觉得放心些。"

贝姬说："玛吉，你看！锚拉起来了。他们要出发了。"

随着涨潮，海湾里的水面逐渐宽阔起来。玛格丽特看着那艘已经像他们另一个家的伊莎贝尔号，她和达莉有着一样的心情。即使临时小屋搭起之后，他们还是经常回到船上。船上的每个木板节孔和木钉、船帆上的每个补丁，对他们而言就像那几床棉被上的拼花图案一样熟悉。

帆船终于起航了。海角这儿，一群人挥手大喊着："再见！再见！"

"再见！再见！"船上的人也大喊着。

"我也真想一起去呢。"艾比说。

"还好你没去。"她身旁的埃拉说。

玛格丽特看着伊莎贝尔号驶离海角，整个胃几乎绞在一起。远远看去，船影又小又陌生，不再是他们熟悉的那艘船。

她和双胞胎及佩蒂跑向伸入海中的一块大石头，想要多看伊莎贝尔号一眼。落日余晖中，它饱满的帆显得神采奕奕，船头已经转向海中那些小岛的方向。

玛格丽特想起他们第一天驶离玛布岬时，船长说过，"它可以让你爱去哪就去哪,永远不必等着过马路。"他对大海的这句形容实在好极了。此时,玛格丽特把海想成环绕世界的水上公路,心情立刻振奋起来。

"它被远方岬角的树木遮住了。"一个女人说。

"少了伊莎贝尔号,我们的海角看起来好空荡喔。"苏珊说。

"是啊!"贝姬也说,"我现在就开始想念它了。玛吉,你会吗?"

那天晚上,吃完东西,客人都离开后,他们终于搬进了新屋子。虽然地板还没铺,床和长椅也还没搭起来,可是木头已经在石砌的壁炉里燃烧,火光映照在从海滩运来的大石块上。烟囱耸立在房子的中央,把两个房间隔开,这样两间便可以共享一个壁炉了。

玛格丽特和双胞胎睡在厨房的临时床铺上,乔伊、达莉和三个小的睡在另一间;凯利柏和埃拉睡在阁楼,目前只是先架了一座梯子爬上去。虽然样样都缺,但至少是睡在房子里,连达莉都说这已经是一大进步了。

玛格丽特躺在云杉树干床铺上,却了无睡意。她已经习惯睡在半露天的临时小屋里,现在身处新房子中,看着逐渐减弱的火光在木头墙上和屋椽投下奇怪的影子,加上一整天又累又兴奋过度,一时竟睡不着。

另一个房间传来雅各布的哭声,玛格丽特不由得想起黑普莎姑妈缝合伤口时的情景。要是有朝一日她碰上同样的情况,也会这么做吗?要是当时铁锤敲得低一点,现在会怎么样?她打了一个寒战，朝盖同一条被子的双胞胎身边缩近一点。

一只不知名的鸟在林中啼叫，蟋蟀在房子四周喧闹。只要哪天晚上它们一噤声，便会降霜，冬天也就不远了。

想到蟋蟀会被霜冻死，实在很令人难过。比尔叔叔曾经唱过一首歌就是讲这件事的。她努力想着那首歌的歌词，但她的法文越来越不灵光了！因为她得把法文藏在脑中的深处，就像把戒指和纽扣藏在胸口一样。黑暗中，她举起手摸索着胸口的宝贝。

邻居来访

隔天早晨,阳光从六格窗户和圆木墙上未塞满的缝隙中射进来。凯利柏和埃拉在楼上走动的声音,乔伊生火的声音,这些都是新房子才有的东西。玛格丽特一跃而起,穿上衣服,赶快去帮达莉搅速成布丁。她知道他们今天会忙得不得了。

接下来一个星期,又一个星期,似乎永远有忙不完的事。玛格丽特的脚步没有停过,不断从泉水跑到门阶,从海滩跑到花园,一个早上来来回回要跑二十几趟。玉米和芜菁虽然很晚才种,倒是长得还不坏,但是马铃薯却歉收。

孩子们和玛格丽特在马铃薯田里挖了又挖,把每一颗小马铃薯都找出来,好储存过冬。有时候凯利柏也让他们帮忙,翻翻他晒在阳光下的鱼。

凯利柏最常叫玛格丽特帮的忙,便是用一种从印第安人那儿学来的方式磨玉米,也就是用石头和木槌去捣,非常累人。但玛格丽特从来不敢喊累,怕被嘲笑。虽然他不像以前那样对她犯的每个小错都紧咬不放，但还是尽量避免引起他的不悦比较好。

雅各布额头上的伤口已经愈合，留下了红色锯齿状的疤痕。不知是不是受过伤，他比以前更喜欢黏在玛格丽特身边。要照顾他，又要看好开始学爬的黛比，玛格丽特简直忙坏了。

有一次黑普莎姑妈来他们家，她说："这孩子敲到头之后，个性变娇了。下次我带一壶自家煮的菊花茶，给他养养精神。"

她是趁赛斯送来他们自产的苹果时，顺便来访。赛斯陪乔伊去看两年前他帮福林特栽下的苹果苗。他们是用接枝的方法，把一些荆棘子的上端砍去，趁树汁还没渗出时赶快插入一截苹果嫩枝。

有几棵接枝长得还不错。玛格丽特听他说这些接枝将来会长出苹果，觉得很不可思议。她和孩子们着迷地看他示范接枝的过程。

"荆棘的树干很坚硬，只要苹果嫩枝能够存活，长出来的苹果绝不比别地产的差。"

"等那棵荆棘开始结果，它会搞不清楚自己是什么了。"埃拉凑过来，笑着说。

"它们真的会长大吗？"玛格丽特仍然不敢置信，"以后真的会长出苹果吗？"

"如果明年春天养分足，让嫩枝长得健健壮壮，再加上运气好的话，就没问题。"

"简直像魔法一样，太神奇了。"玛格丽特小声地说着。

黑普莎姑妈说："是不是魔法我不知道，不过你想，每一样有生命又会长大的东西不都是奇迹吗。"

"等到第一次收成时，"有黑普莎姑妈听她说话，玛格丽特滔滔不绝起来，"我们别忘了谢谢树木。我奶奶说这样它明年才肯再结果。"

"说得真好啊！谢谢一棵树。"埃拉咧开嘴。

"在我那个年代，这没什么奇怪的。"黑普莎姑妈说，"不过看它现在的模样，要结果还有得等喽。"

他们走回家时，孩子们硬拉着黑普莎姑妈看遍屋子各个角落，还告诉她将来会有一座屋角碗橱和一些架子，不过要先等牛棚完工，爸爸才有空做架子。他们将带来的绵羊给了赛斯，和他交换一些木板、铁钉、糖蜜、玉米粉，外加下次他宰猪时的半头猪。绵羊剪了毛，黑普莎姑妈再帮他们纺线织布，做成冬衣。

"这些羊毛不够你们全家人穿的，不过我可不想跟邻居斤斤计较。"她对达莉说，"只要你派玛吉和双胞胎姐妹来帮我架织布机和理羊毛，我们就算扯平。"

这是一个热得不像九月天的下午，草叶都绿得发亮。达莉和黑普莎姑妈在门阶上并肩坐着，看着孩子们在空地玩耍。附近岩石上一株枫树仍然像着火般艳红，几棵花椒木结满了橘色的浆果。

"我真希望这些树一整年都是黄色和红色。"玛格丽特说着，伸手一把扶住黛比，以免她跌个倒栽葱。

黑普莎姑妈拿出女红包，同意地说："这个季节的确漂亮。今年我不过冬天也无所谓。"

达莉却说："我还真不敢想到冬天哪。"然后叹了口气。

她正在补一件乔伊的旧外套,身旁的石头上还摆着一堆穿破的旧袜子,要补好给孩子们穿。玛格丽特拿起一只袜子仔细研究,看看怎样才能把它恢复得像只袜子。她缝补的本领算好的了,但是袜子破得那么厉害,线又不够,想要补好几乎是无望。

达莉哀怨地继续说:"四个小孩总共两双鞋,玛吉也没有鞋子。"

"这你别担心!"黑普莎姑妈拿出一方拼布活儿,拿着针线飞快地在小片的印花棉布上穿进穿出。"我有两双鞋,很乐意给她一双。我在屋子里可以穿鹿皮鞋,所以没有问题。"

孩子们好奇地凑过来,看着黑普莎姑妈快速地缝起一片片的小碎布,惊叹她那十只树枝般的短手指还能那么敏捷。

"你们这些小萝卜头会猜谜吗?"老婆婆一边缝一边问。"会?好,这里有一个谜语。当我还是个小娃儿时,我妈妈常常对我说。"她念出这个谜语时,双眼炯炯有神,把头歪向一边,使玛格丽特比以前更加觉得她像一只小鸟。

"一匹铁马

有一条亚麻色尾巴;

马儿跑得越快,

尾巴就变得越短。"

没有人猜得出来,于是黑普莎姑妈神气地撇了撇嘴,宣布谜底。"针和线,就是我现在手上拿的东西。"

有这么个快活的同伴,连达莉也开朗起来,谈起了她自己小时候的趣事,甚至还想起一种用玉米粉和南瓜泥做蛋糕的做法。玛格丽特坐在孩子中间,一面补衣服一面愉快地聆听,还要分心随时留意孩子们的动静,特别是爬来爬去的黛比。不一会儿,她就得站起来,跑去把黛比从一根倒地木头的顶端解救下来。

黑普莎姑妈看到了,便说:"婴儿长大的速度快得可怕。你第一个碰上的麻烦就是他会玩火,这只有一个法子可以解决,就是拿烧红的木炭去烫他们的小手指。听起来很残酷,但是如果不这么做,只会对他更糟。"

"你是说故意……去烫她?"玛格丽特惊恐地瞪大眼睛。

"对。我对我的小孩这样做,伊森小时候我也照做。你不可能分分秒秒都盯着他们,等你一转身,他们就跌倒在火炉里,或是衣服着火。"

从不表达爱意的达莉,一把搂住黛比。"我办不到!"她坚决地说,"我狠不下心来给我的孩子烙印。"

"好吧,那是你的小孩。"老婆婆平和地说,"如果是我——宁可孩子哭,也不要妈妈懊悔。"

男人正忙着搭牛棚,赛斯正在告诉乔伊牛棚大门该怎么建才好,有较重的木头时也顺便帮他一把。凯利柏帮不上忙,只好在一旁闲晃。不久埃拉从牛棚溜了出来,跑到海岸,两三下便升好平底小渔船的三角帆,划了出去。

"喂,你们看埃拉叔叔!"佩蒂大叫。

他们朝她指的方向看过去。

"拜托,他要去哪里? 在这个时候出发。"达莉惊叫。

"他不是去钓鱼，这一点很肯定。"黑普莎姑妈用手挡住海面上的阳光，又说，"看起来他是前往东边的威尔家。"

"他穿着那件正式的蓝外套。"苏珊说。

"那么我猜得准没错。"黑普莎姑妈说。玛格丽特发现她的脸上闪过一种狡猾又半带好笑的表情。

"他应该先告诉我呀！"达莉抱怨，"我有好多工作给他做。"

"他还年轻哪，没办法从早到晚做个不停。"黑普莎姑妈说，"何况，艾比确实是个好女孩，如果伊森追得到她，我就有个好孙媳妇了。"

乔登家的人告别时，已经接近黄昏了，玛格丽特陪黑普莎姑妈走下沙滩。她握着老人家的手，觉得对方的手暖暖柔柔的。海湾中涨满了潮水，两个岬角上耸立的云杉好像踩在它们自己的黑色倒影上。

"你看，我的窗子是亮的！"黑普莎姑妈指着，"好像是金子做的。我说啊，从别的地方看看自己的地方总有好处。"

"看起来像眼睛一样。"玛格丽特回答，"像大海另一边的两只眼睛在看我们，这种感觉很好。"

返照的夕晖将远方东北边的山脉阴影清楚地映出来。它呈现一种无法形容的美丽深蓝色，山峰层层堆叠着，显得幽深又遥远。

"沙漠山之岛。"玛格丽特自言自语地念着。

"我希望我新做的棉被能够有这样的蓝色。"黑普莎姑妈说，"不多久伊森就会给我带回染料。对于'喜悦之山'的图案来说，那才是恰到好处的颜色。"

森林里的洞穴

天黑下来以后，埃拉才驾着平底小渔船回来。远远就听到他吹的口哨，达莉留给他的玉米粥和牛奶他也不吃。

达莉撇着嘴角，说："威尔家的招待不错吧！不过，反正你也不知道你吃了些什么。"

埃拉耸耸肩，达莉的话对他像耳边风。他的眼神发亮，用最近不常见的幽默感和孩子们开着玩笑。然后，趁达莉送小孩上床时，他拜托玛格丽特帮他补一件手织的旧外套。

他略带抱歉地说："天渐渐冷了，这外套若不补，穿着活像个吉卜赛人，即使在家也太难看了。"

玛格丽特接过外套，很想问他艾比是不是还穿着那件粉红色的洋装，却又怕戳破了他的借口。

那天晚上降了一场霜。第二天开始，大家更忙了，新房子和牛棚得赶着完工，铁锤和斧头的声音从早到晚此起彼落。除了不会走路的黛比，每个孩子都动员起来，抱着大把大把的苔藓，拼命填满圆木间的隙缝。

他们经常见到人字形的雁群朝南方飞去，黑色的翅膀在蔚蓝的秋日天空中拍动着。不管队形怎么转弯、怎么回旋，所有的大雁都紧跟在领队后面，不知疲倦地飞越海面。

有时候乔伊或埃拉会射一只大雁来当晚餐。玛格丽特不太愿意吃雁肉。它们这么有方向感，吃它们总有点不忍心。凯利柏嘲笑她，达莉却出乎意料地帮她说话。

"我虽然不完全赞同玛格丽特，可是我得说，看到它们明确地朝南飞，会觉得它们也许比人更聪明。很多人真该跟它们学习学习哪。"

她说着，狠狠瞪了她丈夫一眼。不过就算乔伊懂得她的意思，他也没有反应。

有时候，埃拉和凯利柏会带着南瓜到林子里打猎，直到天黑才回来。每次，他们的肩膀上总扛着几只野兔、野鸟等。有一次他们猎到一只鹿，一路把它拖回来。吃不完的鹿肉可以晒成肉干，剥下来的鹿皮则可以留待冬天使用。

根据埃拉他们的观察，这片森林里应该没有印第安人。森林往内大约一英里半的地方，在一条向北的小径上，长着很多金缕梅。

"黑普莎姑妈说金缕梅能治很多病，我想采一些给她。"玛格丽特在晚餐桌上说起。

"我们家也可以用。"达莉说，"用金缕梅来治红肿最有效了。埃拉，你想玛格丽特和孩子们去那里采集，安全吗？"

"还好，只要叫凯利柏带着我的枪一起去就没问题。"埃拉回答。

他们决定第二天就去。玛格丽特还以为凯利柏会反对跟他们去，不过他大概觉得这趟远征的安全都落在他的肩上，让他变得挺重要的。另外，他想做一顶冬天的帽子，正在收集毛皮，运气好的话，也许可以猎到一只松鼠或兔子什么的。

南瓜兴奋地竖着尾巴，跑在大家前面，一路嗅着地面前行。福林特家曾经在树上刻记号开了条小路，但是时间久了，树干又结着霜，不大容易分辨，眼睛不够尖的人一定会迷路。

幸好凯利柏对路况很熟。他把毛瑟枪扛在肩上，叫玛格丽特和小孩紧紧跟在后面，绝对不准他们在路上停下来摘晚熟的浆果或鲜艳的苔藓。

佩蒂在玛格丽特身旁蹦蹦跳跳地说："假如我们再遇到那只老黑熊，你又没有水可以泼它，你要怎么办？"

"熊？哼，我三两下就把它摆平了！"凯利柏信心满满地说，"我还可以跟踪它，说不定让我找到一棵装满野蜂蜜的老树干。"

"噢，如果现在就有蜂蜜吃，多好啊！"雅各布咂着嘴说。

"哼，我可不想遇到熊，也不要有红番。"苏珊坚决地说，小心翼翼地踏在树根和灌木丛之间。

"我也是。"贝姬说。

"那就安静点！"凯利柏命令道，"红番在五英里外就能听到你们这些小萝卜头叽叽喳喳的声音。"

于是他们默默前进，终于来到长金缕梅的地方。玛格丽特

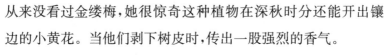

从来没看过金缕梅,她很惊奇这种植物在深秋时分还能开出镶边的小黄花。当他们剥下树皮时,传出一股强烈的香气。

"这就是我奶奶用来摆在碗橱里的药草!"她对孩子说,"我以前不知道它的名字,不过气味是一样的。"

要采满一篮子并不容易,凯利柏开始不耐烦了。这时,他看到一些松鼠在附近的树上吱吱叫,就叫大家不准离开这附近,他要去猎松鼠。

"玛吉,我不会花太多时间的,你们在这里等我回来。"

但是松鼠直往别的树上跳去,凯利柏很快就不见人影了。

苏珊说:"我不要一直待在这儿,我们自己沿着小径走回去吧。"

"我们没来过这么远,会迷路的。"玛格丽特说。

"我想,我们的眼力不比凯利柏差。"苏珊反驳,"我才不管他会不会生气,他不应该丢下我们这么久。"

"反正他待会儿再赶上我们就行啦。"贝姬也说。

"我们先喊他一下吧。"玛格丽特说。

"不过不能太大声喔,否则红番会听到。"苏珊提醒她。

他们喊了几声,可是没有回答。玛格丽特突然感到自己被大树密密包围着,只有几个孩子和她一起,孤零零的显得很渺小。太阳被云遮住了,云杉树枝间原本洒下的点点光影已经消失,从树木之间望去也看不到熟悉的闪烁大海,使得这儿显得非常阴森。

"那么我们走吧。"她不由自主地说。

他们转身朝家里走去。大家紧紧挨在一起，谁都没说话，心里知道别人就和自己一样害怕，好像有什么东西一直跟着他们似的。

走了一阵，佩蒂被树根绊倒，扭伤了脚，膝盖也磨破了。她没办法走路，玛格丽特只好把篮子交给双胞胎拿，自己背着佩蒂，并叫雅各布抓住她的裙子免得摔倒。这样一来速度就变慢了。玛格丽特托着一个四岁小孩，手臂酸得发疼，心想他们会不会永远无法再看到阳光了？

"我们好像已经走了一英里了。"苏珊开口道。

贝姬也说，"是呀！来的时候没有走这么久，而且我们也没看到那棵底下叠了一堆石头的大桦树。"

"我们一定马上就到了。"玛格丽特嘴上这么说，心情却很沉重，因为他们的确早就应该看到大桦树了。

不能让孩子们紧张。她把佩蒂往肩膀上举了一下，想要强颜欢笑。

她告诉孩子们："有一个故事说，从前有一个王子骑马走在一个被施了魔法的森林里，不管他的马跑得多快，前面永远都是树林。后来他找到了一个被关在塔里的公主，他必须救出公主才能离开森林。"

"我不喜欢这个故事，"苏珊说，"而且我想我们迷路了。"

她终于说出了所有人心中的怀疑。大家停下脚步，张大眼睛面面相觑。佩蒂在玛格丽特背上开始哭，雅各布则在她腿边哭。

"安静!"玛格丽特打起精神,说道,"听好,我们还没离正路太远,只要沿着地上苔藓的脚印痕迹,就可以走回去。"

这个建议说起来容易,做起来简直行不通。他们的光脚丫在地上留不了什么足迹,因此一会儿之后,他们反而比刚刚更不知身在何处了。

雅各布拖着脚步落在后头。每走几步,玛格丽特就得放下佩蒂,走回去把他背过来。有时候他们叫几声凯利柏,但是即使竖直了耳朵还是没有任何回答。事实上他们也不敢喊得太大声,怕被红番听见。

"也许南瓜会听到,跑过来找我们,我们就可以跟着它回家。"玛格丽特鼓舞大家说,"它的鼻子很灵,一定很快就会找到我们的。"

埃拉说的那条向北小径,也许是印第安人的小路。她禁不住要想,说不定他们正走在那条小径上,甚至正朝着印第安人的地盘走去,然后他们会受到斧头攻击,接着被俘虏,像他们听说过的那些故事。

"神啊!"她悄悄祈祷着,"帮助我们找到回家的路!"

下雨了。他们在灌木丛中跌跌撞撞前进着,突然前面出现一堵拔地而起的坚固石墙,挡住去路。石墙表面长满了蕨类和小树。

玛格丽特眼尖,发现石墙上有一条窄窄的开口。

"是一个洞穴呀! 我们可以进去躲雨,等雨停了再走。"她说。

"里面好黑。"贝姬站着不动。

"也许有熊。"苏珊也说。

"这样吧,我先进去。"玛格丽特说着,把佩蒂放下来,拨开入口处的藤蔓。"等我确定安全以后,就叫你们进来。"

她怀着一颗咚咚直跳的心,小心翼翼地贴着石墙前进。

一开始,眼前是一片漆黑。等到逐渐适应黑暗后,她看出洞穴的中央有一个较亮的地方,可见那里的上方有个露天的开口。同时,她闻到一阵从来没有闻过的奇怪味道。

虽然洞穴又黑暗又潮湿,可是那股味道比起黑暗,甚至比在头上盘旋的蝙蝠还令她更害怕。

玛格丽特全身发抖,但是她别无选择,只能咬牙前进。当她走近时,一只鼬鼠急忙跑开,一块松落的石头撞在地面,敲出空洞的声音。

现在她离有光线的地方只差几尺,但是她几乎不敢再走过去了。

"我真不喜欢这个地方!"她喘着气说,"它很邪恶。"

她终于站到了亮光下方。那儿果然有个略呈圆形的洞,从洞口的光线中可以看见上方绿色的云杉。洞的边缘被熏得透黑,好像生过很多次火似的。洞口正下方的地上摆着两块圆石,上面放一块扁石,石头上好像有一些刻痕,可能是字母和图画之类的,但是玛格丽特不能确定是不是光线太暗加上她丰富的想象力,才使她产生了这样的幻觉。

石头周围的地上也有一些东西——生火留下的灰烬、烧焦的木头、破陶盘,还有一些白色的碎片。她全身发冷,站在上方照进的绿色光线中，两手紧紧压着狂跳的心，拼命告诉自己平静下来。也许烧尽的火堆和白骨，还有那种奇怪的味道，并不代表什么。

然而连她自己都无法说服自己。她开始颤抖，那股味道使她几乎要吐出来。这时，她看见脚边有一个东西在闪烁，便颤抖着把它捡起来。那是一颗失去光泽的扣环，缝在儿童鞋子上的那种，旁边还有一束金黄色的长头发，发根纠结着，变成了暗黑色。

"哦，天哪！"她悄声说道，手指在胸前画了一个十字。

她快速把那束头发和扣环塞进口袋，然后跌跌撞撞地冲了出去。孩子们还安然站在洞口，玛格丽特立刻一把抓起佩蒂，吓得小女孩叫了出来。双胞胎和雅各布仓皇地跟着她跑。

她一点也没留意他们怎么踏过路上那些矮树丛，她一心一意只想赶快远离那个地方。

她们终于停下来喘口气。苏珊喊道："玛吉，你的脸白得像纸！"

"是啊，我从来没看过你的眼睛睁得那么大！"贝姬说，"洞穴里到底有什么东西？"

"你们最好别问我——永远别问。"玛格丽特的嘴唇颤抖着，惊惶地向后瞥了一眼，然后又推着他们往洞穴的反方向前进，"走吧。"

每走一步，那束头发和扣环就在玛格丽特的口袋重重下坠一次。突然，远方传来有如仙乐般的声音——那是南瓜的吠叫声。

南瓜一路跳跃着向他们跑来，身躯兴奋得摇来摆去。

"乖狗儿！好狗儿！"双胞胎一面叫着，一面跑去抱住南瓜。

"狗狗，我的好狗狗。"玛格丽特也喊着。

他们在南瓜的领路下，走回了原来的小径，就在快要到家之前，看到了凯利柏。吓坏的凯利柏发现他们安然无恙，放下心来后便是一顿脾气。

"你们真是一群好家伙！"他狠狠地瞪着他们，"我才一转身你们就走丢了，还要我在森林里走上走下找你们！"

"你不应该撇下我们去猎松鼠！"玛格丽特回嘴。一想到刚才的遭遇，她的心脏仍然扑通扑通跳个不停。"你应该留下来保护我们。"

"那么你们就应该听我的话呀！"凯利柏不肯认错。"人家都说不要相信法国佬，一点都没错。"

"凯利柏·萨吉特！你把玛格丽特和我们留在那里，你根本没有她懂事。"双胞胎激烈地抗议。

"她什么也不是，只是一个小下女！"他吼着，气得那张长满雀斑的黝黑脸庞显得更黑了。"我要让她看看这里是谁当家做主。"

他猛一转身大踏步走开，毛瑟枪上用皮带挂着一只死松鼠。他们就这样一路走回圆木房子，到家时太阳已经落在西方的岛屿后了。

"你们这些小鬼到哪里去了？"达莉站在门口大喊，"我找你们找得快疯了!"

"你最好问玛吉。"凯利柏用委屈的口吻说,"为了找他们我找遍了整座森林。"

"我们迷路了。"苏珊回答,"因为凯利柏丢下我们去猎松鼠。"

"对呀!"贝姬插嘴,"我们在那么大的森林里没有遇到熊或红番,算我们命大。"

玛格丽特把佩蒂放在门阶上,就一屁股坐到地面,累得什么话也说不出。那个可怕的洞穴一直盘桓在她心里。过了一会儿,她开始帮佩蒂处理伤口,任凭凯利柏在旁边吼着,孩子们和他吵着,她仍一句话也不说。

晚餐时,大人们几乎一人一句地轮流指责玛格丽特,但她充耳不闻。直到孩子们上床睡觉之后,两个男人和凯利柏坐在炉火前削木汤匙,达莉在一旁编织,玛格丽特才在火光下说出那个洞穴的事。

"在我还没看到那堆灰烬和骨头之前,我就觉得那个地方充满了邪恶的气息!"一想起那情景,她不禁打了一个寒战,恐怖的睁大了眼睛。

"那又怎么样?"凯利柏不屑地打断她。"我看,不过是有人在那里生了一堆火,烤了一只鹿罢了。"

"凯利柏,别吵!"他的父亲命令道。他手上的刀子和木头停在半空中。"玛吉,继续说。你为什么认为那是一个不祥的地方?"

"因为那里有一股很难闻的味道,而且我看到石头上刻了一些符号,好像符咒之类的东西,还有……还有这个。"她从口袋里拿出那一撮头发和扣环,把它们摊在膝头上。

足足有一分钟之久,房里一片死寂。火焰的哔剥声和远处拍岸的海浪声格外响亮。扣环在微弱的火光下闪烁着。

乔伊放下手上的刀子,拿起那一撮头发。发丝仍然发着微亮。

"连皮的头发……"凯利柏第一个打破沉默。"你们看,发根上还黏着些皮肤。"

"绝对不是红番的头发。"埃拉慢吞吞地说。

"长头发,所以是女人或小孩的……"达莉的嘴唇突然发白。

"没有其他东西吗?"凯利柏问。

"我不知道,"玛格丽特回答,"我头也不回就跑出去了。"

"女孩子都是这样!"凯利柏抱怨,"她们一旦有机会看到什么东西,就忙着逃走。"

"你给我闭嘴!"乔伊严厉地说,"我们在讨论一件大事。"

"你们还记得我们第一天登陆时,乔登父子对我们说的话吧?"埃拉开口,"他说这个地方对红番有特别的意义。"

"是呀。"达莉说,"他们叫我们到别处盖房子时,的确这么说。"

"嗯,我想这和玛吉说的洞穴有关联。"埃拉思索着,"他们说每年春天,印第安人会来这儿,而且行为古怪。我猜,他们大概就是在那洞里举行仪式,杀掉俘虏来祭神。"

"我听说过这类事情。"乔伊把头发和扣环放进衬衫的里袋,表情凝重地说，"总之，我们确定有个白人死在那个洞里。你们记住，绝不能跟邻居提起这件事。"

"但是也许他们会知道那扣环是谁的呀。"凯利柏说。

"一个字都不准说！"他的父亲警告，"你和玛吉都一样。好不容易在这个海角住下来，要是邻居反对，我们将没有容身之地，你懂吗？"

"而且我们又才开始和邻居们交上朋友！"达莉说。

"明天，玛吉，我要你带我和埃拉去找那个洞穴。"乔伊说。

他起身用灰盖熄炉火，表示该上床睡觉了。玛格丽特躺在双胞胎身旁，睁着眼睛，听到隔壁传来低低的谈话声。他们谈了很久，玛格丽特始终睡不着，因为只要一闭上眼睛，洞穴里面的情景就会浮现。

纺纱织布

第二天下起了倾盆大雨,整整下了两天,玛格丽特暗暗庆幸着。

后来她带他们去森林里找了两次,都找不到那个洞穴。他们本来可以叫南瓜帮忙,但大雨把气味都冲掉了,不过玛格丽特一点也不觉得可惜。

大约一星期之后,赛斯·乔登专程来到他们家,说黑普莎姑妈请玛格丽特和双胞胎过去帮忙织布。

玛格丽特不敢抬头,怕泄漏自己兴奋的心情,没想到达莉居然答应了。

到达乔登家,黑普莎姑妈一刻也不浪费,开始准备干活。纺织小屋里放满了羊毛、染锅和不知做什么用的奇怪木片。

"这阵子我从早到晚纺个不停,连吃饭都快忘了!"她高高兴兴地说,"我已经把最长的毛线弄好了,现在你们两个小女孩坐到那边的地板,帮我弄那些短的,把它们卷在玉米轴上。照我做好的样子做就行。玛吉,你帮我把织布机架好。"

"老天,这机器真大!"玛吉敬畏地看着眼前的庞然巨物。

"可不是吗?但是照我妈妈最爱说的:'织布机越笨重,织工的活儿越轻松',我发现真的是这样。"

她开始示范怎么"穿横梁"。这是一项漫长又困难的工作,一个人两只手是没办法完成的。要把毛线穿过中间横柱上的长条木"耙子",每一根线都分别穿过一个所谓"马具之眼"的开口,而且穿线的位置必须依照草样或图案来安排。

拿着那张泛黄破损的旧纸,玛格丽特实在看不出所以然。它不过是用褪色的墨水笔迹画出的一连串古怪小点和横线罢了。

"这是咒语吧?"她真心实意地说。

"绝对不是。"黑普莎姑妈微笑着说,"这上面的每一点每一画我都清清楚楚,就像你了解你那种叽里呱啦的语言一样。"

玛格丽特打起精神,开始奋斗。老婆婆将一根根线穿过马具之眼,她就坐在织布机对面的矮凳上,将线头接过。一开始她可真是笨手笨脚,大拇指老是挡在中间,又经常掉线或把两股线搞混。但是她很快掌握窍门,一会儿已经能够稳定又准确地抓住传来的线头,很少再失手。

"这是苏格兰的'民权党玫瑰徽记'花样。"黑普莎姑妈说,"我打算织一条暖和的冬天床单。我用黄樟树皮染的红色毛线,和月桂叶的黄色搭配起来会很好看。"

"你要怎么织出花样呢?"双胞胎丢下卷线工作,凑过来问。

"到时候你们就会看到了。我把脚踩在这个踏板上,把纱线举起来又放下来——就这样。"

她弯下腰去捻接两股线头，又停下来对玛格丽特说，"你和我会是一对好搭档。我们可以一直织啊纺啊，直到手指见了骨头为止。"

"我也希望如此!"玛格丽特叹口气，"如果我不是女佣就好了。"

"你不会一辈子都当女佣的。"黑普莎姑妈安慰她，"过不了多久你就会嫁人，建立自己的家。"

这一天真是值得记忆的丰盛日子。房内终日弥漫着花草香，餐桌上有可口的食物;纺织小屋中，彩色毛线在黑普莎姑妈手上一寸寸变出了耐用又暖和的花布，她们还帮着架起另一架小织布机，用来织萨吉特一家人过冬用的麻毛布。

整个下午，织布机的喀啦声在她耳边响着，犹如一首不变的旋律，连织布的动作也化作了旋律的一部分。

晚餐过后，赛斯演奏了一两曲小提琴给苏珊和贝姬听，过了一会儿小女孩便上床睡觉了。黑普莎姑妈这才叫赛斯拿出一片牛皮，在上面描出玛格丽特的脚形，然后教玛格丽特把牛皮往上拉，盖住脚趾和足背，直到恰好合脚。最后用皮绳绑住就不会滑脱了。

"这种鞋很好走。"黑普莎姑妈说，"而且看来你以后穿靴子时还得先把它穿在里面，你的脚比我们窄多了。"

赛斯提着煤油灯去检查牲口，才出门就又进来叫她们一起到门外。

"北极光!"他说,"你没看过的东西。"

玛格丽特顺着他的手指往上看,可不是,北方的天空有奇怪的光在闪烁。长手指般的白皙光芒颤动着,从海峡对面的黑色陆地线往上升,几乎伸到天空中央。不时,一种绿冰块颜色的光圈会突然划过,或是火焰般的红光快速地乍现乍灭。它们的闪耀是如此热闹,却又悄然无声,那种寂静不禁使人背脊发凉。

赛斯告诉她们:"它并不是经常这么明显。"

"那代表什么呢?"玛格丽特问。她被眼前的景象深深震撼了。

"代表天冷了吧？除非你和红番一样相信那代表战争和饥荒。"

"赛斯,你对一个姑娘这样说话,真该感到惭愧。"黑普莎姑妈斥责道,一脚踏进屋关上门。"我知道的就是它代表冬天来了,没错! 这种事问我这身老骨头就知道了,不用什么北极光来告诉我。"

第三章

冬 天

幸运的红玉米

伊森和提摩西已经回来好多天了,船上的货物也都卸下来了。那一天在周日岛要举行削玉米比赛,萨吉特一家兴致高昂,只有埃拉闷闷不乐。

玛格丽特猜,他的烦恼可能跟伊森送给艾比的一套瓷杯有关。提摩西告诉达莉,那是一套有小枝花纹的瓷杯,共六个,花了伊森不少钱。

"大概将近一个银镑喔。"达莉添油加醋地向大家转述,"这是我估计的,我知道瓷器在波士顿的价钱,所以在朴次茅斯一定更贵。"

"我想伊森迷艾比迷得厉害,肯为她花费一个银镑。"乔伊说着,瞄了弟弟一眼。"不过他的鱼干和毛皮也卖了个好价钱,我听说了。"

"伊森是很会做生意。"埃拉只说了一句,眉头聚着皱纹。

现在已经是湿冷的十一月天,周日岛海峡波涛汹涌。乔伊和凯利柏划着平底渔船，载着达莉、双胞胎和黛比。埃拉则带着玛格丽特和两个小小孩乘坐小船。冰冷的浪花和海水不时溅到他们身上。

雅各布和佩蒂共裹一条旧披肩，紧紧抱在一起。玛格丽特脚上有黑普莎姑妈送她的牛皮鞋和长袜，但是唯一的一件衣裳已经又旧又破。这件衣裳是她刚来时达莉帮她做的，一个夏天下来她长高了不少，原本盖住脚踝的裙子只到膝盖下方，腰部绷得又紧，叫达莉看了猛摇头。

为了今天这个日子，她在衣服外面罩了一件达莉的旧连帽斗篷，但情况也好不到哪里去，不过她满心憧憬地削着玉米，不想去烦恼这种事。至少她还有一样东西可夸耀：她有两条丰润的黑发辫，上面结着新的黄色毛线。

"那边会有糖蜜蛋糕喔。"佩蒂已经说了第十次，"黑普莎姑妈告诉我的。"

"我们大家都吃得到。"雅各布严肃地补充，"不过我们必须削很多玉米才可以。"

埃拉没有搭腔，也没有笑，跟平常的表现迥然不同；玛格丽特不禁瞄了他一眼。他紧抿着嘴，眼睛注意着海岸的位置和海浪的状况，心里似乎在想着什么事。平日下巴短短的胡碴今天刮得干干净净，浓密的红棕色头发被海风拨到了前额。

玛格丽特希望他能再快活起来，并且衷心希望艾比·威尔喜欢的是他而不是伊森。但是她不会对埃拉说出她想的事，因为她觉得别人的情感并不适合拿来聊天。

削玉米比赛几乎和上梁日一样盛大,唯一不同的是男人的工作轻松多了。乔登家的厨房和屋外的贮藏小屋都堆满了晒干的玉米,先来的人已经开始削了。中空圆木头对半剖开平放,便成了装玉米粒的大槽。一如往常,玛格丽特又奉命照顾较小的孩子。

"他们太小了,拿刀危险。"黑普莎姑妈说,"所以玛吉,你就带着他们把玉米秆儿搬过来,堆在门边吧。"

只有摩尔斯一家缺席,因为他们的婴儿生病了。玛格丽特看着艾比在厨房和食品室之间来来回回,将食物摆上桌。艾比今天穿了一件棉毛料的蓝色衣服,前面有一圈白色花边,脸颊红扑扑的,真像黑普莎姑妈说的"像花儿一样美"。

众人打趣着红色玉米的事,玛格丽特听不大懂,但他们的意思似乎是说,谁找到红色玉米,表示他恋爱运很好,而且会在今年结婚。

"伊森一副志在必得的样子。"凯利柏悄悄在她耳边说。他很少对玛格丽特这么好声气。"他大概认为只要他削得多就一定找得到吧。"

大伙儿围在槽边不停地削玉米,但是红色玉米却迟迟不出现。玛格丽特不知怎么回事,突然就想看一看装玉米木槽的后方,结果居然被她找到了那根众人觊觎的红色玉米!

"原来它滚到那边了——无论如何,是我最先看到的。"她想着,心脏兴奋得扑通扑通直跳。

老天保佑,没有人朝她的方向看,连那些小孩也聚在另一个木槽边,专注地看他们削玉米。她弯身把它捡起来,赶快藏在裙褶里。

伊森大喊:"马上,一定马上就出现了!"两手飞快地削着玉米粒。

玛格丽特差点喊出:"我找到了红色玉米!"话已经到了喉咙,一个念头突然闪过她的脑海。她立刻闭上嘴。

她用眼睛搜寻着人群,看到埃拉站在人群外围,样子有些落寞。他手上虽然削着玉米,却不像伊森那么卖力;艾比也没怎么注意他。玛格丽特把宝物藏得密密的,悄悄挨到埃拉旁边。

"埃拉。"她说,但是喧哗声掩盖了她的声音,而埃拉又心不在焉地看着前面,没注意到她。玛格丽特只好拉拉他的袖子。

"你要什么?"他随口说,仍然直瞪着木槽那边。

"这里,"她在众人笑声的掩护下对他耳语。"你拿去吧。"

那根宝贝的红色玉米转眼就到了埃拉手上。玛格丽特举起手指竖在唇上示意他别出声,自己便溜回门外。埃拉绽出一个笑容,对着窗外的玛格丽特做了个眼神,然后转向大家,亮出那根红色玉米。

"埃拉叔叔拿到了!"双胞胎大喊,兴奋得跳上跳下,两根小辫子拍打着肩膀。"他拿到了红色玉米!"

"哦,真狡猾啊,这家伙!"赛斯大吼,"我们在这里削得半死,他却一直拿着它站在那里!"

玛格丽特听见众人的笑声和揶揄,晒黑的脸也不禁红了起来,因为她知道他是怎么得到的。

"你最好提防他一点，艾比!"提摩西开玩笑，"你也是，伊森。"

削完玉米后，他们仍然拿这件事打趣个没完。然后大伙儿聚在餐桌边，准备吃喝。玛格丽特和孩子坐在一起，听到餐桌另一端传来埃拉开怀大笑的声音，她也高兴起来。

她心想，一套花瓷杯不见得就能买到一颗心。可惜她帮埃拉补的外套不够漂亮，看起来就像伊莎贝尔号帆面上的补丁一样歪七扭八；不过她已经尽全力了。

开动之前，赛斯·乔登低头祷告，所有人——连小孩子——也都跟着低下头。

"哦，神啊!"他肃穆地说，"请保佑我们的谷物、牛羊，以及聚在这里的所有人……"

他停了一下，想不出还要说什么，这时一个女人开口，帮他接下去，"并保佑我们不受印第安人袭击，阿门。"

"阿门。"大家说。玛格丽特飞快地画了一个十字，希望没人看见(译注:画十字是天主教徒的习惯，美洲移民多属新教徒)。

这场盛宴的菜肴分量足、花样变化也多，让玛格丽特大大开了眼界。然而盛宴之后还有一件她更加想象不到的事:赛斯拿出了小提琴，开始拉出一首又一首的曲子。

由于伊森买了新的琴弦，琴音比原来悦耳多了。赛斯粗壮的手指按着琴弦上上下下地移动，美妙的音乐传遍整个厨房，玛格丽特觉得那感觉实在棒极了。虽然高音处有时太尖锐或破裂，但那无关紧要，重要的是他的拍子完全没有滞涩停顿，所以众人的脚都不自禁地跟着节拍在地板上踏起来。

赛斯把他会的曲子拉了一遍又一遍。有时候他拉出大家熟悉的曲子，所有人都跟着唱；有些歌只有黑普莎姑妈会唱，她那甜美而略显苍老的声音十分动听。她唱了一首《春田山》，这是描述一个年轻恋人被毒蛇咬死的悲伤民谣；后来大伙儿又磨着她唱整首《花布灌木》，虽然玛格丽特已经听了无数遍，她还是喜欢得不得了。当黑普莎姑妈唱到年轻男孩死在树下的那一段时，悲伤得令人想哭。

> 大雪纷飞，狂风猛吹，
>
> 我走走又停停，
>
> 直到夜晚如一只漆黑的乌鸦降临，
>
> 一点灯火都没有，
>
> 印花布呀，小树枝印花布！
>
> 经过花布灌木的少女，
>
> 想想这则久远的故事。
>
> 不要把你的心放在华丽的装饰上，
>
> 以免你将来要诅咒小树枝花样的印花布，
>
> 印花布呀，小树枝印花布！

然后大家把桌椅搬到墙边，空出中间的地板。赛斯奏出一支苏格兰快板舞曲。

"他们要跳舞！"玛格丽特无法置信地在心里喊着。众人果然排出队形，女人和男人分开，面对面排成两列。玛格丽特夹在双胞胎之间,她们兴奋地拉着她的手。

这种舞和法国的舞蹈不一样,比较像是游戏性质的团体轮舞。每个男子轮流把手伸向对面的舞伴,然后带着她团团转,其他人则在一旁拍手唱和。

每个人都开心地笑着,队伍上上下下发着响亮的劈啪掌声,气氛热烈到了极点!玛格丽特兴奋得脸颊发烫,心脏随着拍子鼓动。即使她的舞伴是凯利柏,而他旋转得一点也不优雅,那也不重要了。

舞曲终于结束,大家红着脸、气喘吁吁地停下来。只有埃拉意犹未尽地继续带着艾比转了好几圈才停住。

"跳个捷格舞吧,黑普莎姑妈!跳呀!"有人喊道,赛斯立刻拉出另一首轻快的旋律。

黑普莎姑妈虽然推辞,却也不在乎卖弄一下自己的舞技。她大大方方地走出来,在厨房中央旋转,越来越快,带得裙子变成了一个大圆形。她穿着牛皮鞋的脚敏捷地踩着快步,脚跟、脚趾、屈膝、旋转,左脚、右脚、向里、向外。

玛格丽特赞叹不已地看着。黑普莎姑妈看上去虽然老迈,动起来却是那么稳健敏捷。她跳得脸颊泛红,简直像个顽皮的孩子。

"咻!"她终于猛吐一口气,上气不接下气地往长椅一坐,捞起围裙猛扇风。"我已经好几年没有这样丢人现眼了,不过呀,我的膝盖还没有我想的那么僵硬。"

"下一个该谁?"赛斯一边调弦一边问。

"我!"玛格丽特脱口而出,"我要跳孔雀舞(译注:十六至十七世纪时的一种优雅舞蹈)。"

她向中间的空地走过去,眼角看到孩子们惊讶的表情,以及达莉和汉纳·威尔脸上不以为然的神色。

黑普莎姑妈却对她点头鼓励。赛斯再次奏起那首苏格兰快步舞曲。

"来吧!"玛格丽特对自己说,脚开始跳出好久没有练习的舞步。

虽然这不是比尔叔叔用来教她跳舞的那首曲子,不过她发现自己跟得上。这儿要踮起脚,做个滑步。屈膝,弯腰。在乔登家的厨房里,配着赛斯的小提琴,跳起来和旧日在勒阿弗尔跳舞的感觉一样。

就像记起一首歌一样,所有的舞步又回到了她脑子里。她的身体感到重获自由,轻盈得好像没有接触到地板。她开始飞快地转着圈子,周围的脸孔模糊了,变成一片连续的白色。她感到头发拂着脸和肩膀,挂在脖子上的戒指和纽扣也随着绳子的晃动在胸前一上一下地拍打着。

音乐戛然而止,玛格丽特随之停下脚步。整整过了一分钟才回过神。

她听见周围的人叽叽喳喳说着话。

"孩子啊,我敢说你是我看过跳得最好的!"黑普莎姑妈大声赞美着,"我怎么也想不到这么个又瘦又小的身体竟然能跳成这样!"

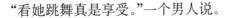

"看她跳舞真是享受。"一个男人说。

"可不是,"另一个男人说,"我听说法国人跳起舞来都很轻盈!"

"还有哪!心思轻浮,手指轻便。"这是乔伊带着讥刺的声音。

汉纳也加进来:"如果我的孩子这样跳舞,我可会羞死了,真的。"

"她是法国人,习惯不同。"达莉向那些人道歉,"她没有恶意,我想那是她天性的一部分。"

"哦,算了吧,哪有什么不对?"赛斯一面收起小提琴,一面轻松地说,"我认为她跳得很美,也很恰当。"

"那样跳舞怎么可能恰当!"史丹利家的女儿凯特从后面插嘴说,"如果她是在我们家帮佣的话……"

"我只记得《圣经》里说,大卫王在上帝面前跳舞,《圣经》可没说他老人家反对这件事吧!"黑普莎姑妈权威地说道,意思是大家可以闭嘴了。

玛格丽特听着他们一人一语地争辩,她的心脏仍然怦怦直跳,刚刚那场痛快的跳舞让她全身发热,但她突然觉得又累又泄气。赛斯的小提琴不就是让人跳舞的吗?为什么他们用那种不以为然的口气批评她呢?她走到窗边,把滚烫的脸颊贴在冰冷的玻璃上。

天边的蓝烟

　　她无意识地透过玻璃窗看着萨吉特家的海角。突然,她发现一缕螺旋状的蓝色薄烟,样子似乎是来自萨吉特家后面的树林。冬天太阳落得早,现在已经近黄昏了,不过还可以看出那是烟雾。

　　恐惧感顿时贯穿她全身。她记起森林里的那个洞穴,感到一阵反胃。她身后人们的嗡嗡谈话声显得那么遥远,就像拍打在外海礁石上的浪花。

　　她必须想办法警告大家,但她记得发现头发和扣环的那天,乔伊曾经说过,"一个字都不准说!"

　　凯利柏走过她身边,她赶快扯住他的手。

　　"看那边!"她用法语说完立刻改口用英语说,"我是说看那边。"

　　凯利柏听见她说法文,正撇起嘴准备嘲笑她,然而那副表情却僵在他的脸上。他的蓝眼睛眯了起来。

"红番!"他低声说,"一定是。"

他急奔到乔伊身边。方才的欢乐霎时烟消云散,取而代之的是一屋子肃杀气氛。

"我们已经这么久没有碰到红番了。"汉纳的声音扬起,语气沉重,"我每天晚上都为此感谢老天。可是现在我们又得面对恐惧了。"

"也许那只是几个人要到北边去,路过这儿。"史丹利先生说。

"不太可能。"赛斯说,他已经把毛瑟枪和弹药筒拿在手上了。"得生一堆大火,才会有那样的烟。看样子那地点就是去年春天福林特家搬走后发生事情的同一个地方。我早就告诉你不要留在那里,萨吉特。他们迟早会把你赶走的。"

"他们赶不走我。"乔伊拿起自己的毛瑟枪,一把甩上肩头。

"哼,至少现在房子还在。"黑普莎姑妈眯起眼睛看着对岸说道。

乔伊对黑普莎姑妈说:"如果你能让达莉和孩子们留在这里过夜,我会感激不尽。我和埃拉、凯利柏要过去看看。"

"不要,乔伊,别去!"达莉哀求道,"他们也许有一百人以上,你们三个怎么打得过?"

"我总不能留在这里,眼睁睁看着房子烧成一片平地!"乔伊说,"我们花了这么多工夫盖好的房子,我绝对要守住它。"

所有的男人把头凑在一起,紧张地讨论着该采取什么对策。每个人都拿着自己的毛瑟枪,伊森则忙着往弹药筒里装火药。

虽然邻居们不赞成萨吉特家在那里定居,却也不会坐视他们受红番袭击。最后大家决定叫伊森和提摩西陪萨吉特家的三个人一起去。

赛斯向其他人解释:"我们得两头兼顾。史丹利、威尔和我一起防守这里,因为他们家和摩尔斯家比较不会有危险。我们猜想红番只会往北走,不会往东或往西。"

佩蒂、双胞胎和史丹利家的凯特都抓着玛格丽特的裙摆,害怕得哭了起来。

雅各布挨近玛格丽特身边,红着眼睛小声说:"玛格丽特,我很担心南瓜。红番不会杀死它吧!"

"别怕,南瓜跑得比他们快。"玛格丽特嘴里说着,却不禁想起今天出发时,南瓜一直哀求着要跟他们来,她的一颗心绞了起来。

他们都挤到门边,看着男人们出发。除了前往萨吉特家海角的几个人以外,其他的男人全都一起下去帮忙把船推下水。乔伊、凯利柏和伊森快步走在最前面,一会儿他们就消失在树林里,最后面则是提摩西和埃拉。

艾比突然从门口的人堆中冲出。

"埃拉!"艾比的声音变得很尖锐,不像平常那个安静而温柔的女孩。"埃拉,你不要去,你不要这么做!"

"怎么了,艾比……"天差不多黑了,玛格丽特看不清埃拉,只听到他的声音,"你为什么这么说呢? 我该去的。"

"可是如果……如果你出了什么事……如果红番……"艾比

跑了过去。在暗蓝色的光线下，可以看出来埃拉放下毛瑟枪，用手臂拥住艾比。玛格丽特不禁脸红了。

"求求你，叫别的人代替你去吧。"这是艾比的声音。

埃拉低声说了什么，然后两人紧紧抱在一起一会儿。他们分开后，埃拉又随着提摩西走进林中小径，艾比则走回屋子。

女人们都不吭声，看着艾比经过门口走进屋里。玛格丽特似乎听见艾比在啜泣。

"所以现在的风向是朝那边啦，是吧?"汉纳对着女儿的背影说。

"随她去吧，汉纳。"黑普莎姑妈打岔，"女孩儿不到紧要关头，搞不清自己的心意。"

"那她就不该收下伊森的瓷杯呀。"汉纳说。

"也许是吧。不过我说啊，爱情跟瓷器没什么关联，即使送她的人是我自个儿的侄孙子。"

这个话题就没有再继续了。

天色全黑之后，几个男人就待在那两扇面海的窗户边，轮流守望，注意对岸是否出现火光信号——那表示事情紧急。他们不可能开枪当信号，除了怕惊扰红番之外，也会浪费宝贵的弹药。

"他们会在房子里待到天亮。"赛斯说，"我告诉他们不要冒险生火。那些红番的鼻子可灵呢。"

"奇怪的是没有听到南瓜的吠叫。"黑普莎姑妈说，"平常夜里如果特别安静——像现在这样——我从这儿可以清清楚楚地听见它吠。他们上岸时难道它不应该吠个两声吗。"

阁楼里,雅各布和佩蒂听到她的话,立刻哭了起来。玛格丽特尽力安慰他们,但她自己也担心得要命。

他们全都待在伊森和赛斯平常睡的小阁楼里。

在黑暗中,她开始用法文、拉丁文和英文祈祷。

"天父,圣母玛利亚,不要让野蛮人伤害我们。慈悲的上帝和圣人们,不要让这片土地流血,让那些人走开,我求求你们。保佑我们,保佑那座房子。神啊,帮助我们。噢,老天爷,请赶快帮帮我……"

南瓜脱险

阳光从屋檐下的一扇月眉形小窗洒进来,把玛格丽特叫醒了。早晨了吗……对了,昨晚她祷告到一半就睡着了。看看身边,孩子们在棉被下睡成一堆,没有一个醒来。

楼下的炉火发出哔剥声,有人在厨房走动。玛格丽特蹑手蹑脚地爬出被窝,免得吵醒孩子。她走下斜斜的梯子,看见黑普莎姑妈和艾比两人在厨房里。艾比站在餐桌边摆碗盘,她对玛格丽特虚弱地笑了笑,眼睛浮肿,看起来好像一夜没睡。

男人们和毛瑟枪都不见踪影,黑普莎姑妈说他们早早吃了饭,出发到对面海角去了。晨光中可以看到萨吉特家的木头小屋还屹立着。玛格丽特和黑普莎姑妈交换了一个释然的眼神。

姑妈朝卧室的方向撇撇头,低声说:"让她们再多睡一会儿。大家一整夜都没有阖眼,天晓得今天是不是还得熬一整天哩。"

结果并没有原先担心的那么严重。前一晚回去的人都平安无事,最主要的损失是被偷走了老母牛布兰多和小牛,还丢了一袋玉米粉。泥地上留下了南瓜尽全力抵抗的爪痕，小径往里走还有些血迹。

树林中有着生火的气味——那些印第安人烤了肉当晚饭。如此说来，可怜的母牛和小牛永远找不回来了。然而现在没心思哀悼母牛，男人们还在担心那些人会再回头袭击。

"他们吃饱了一顿牛肉，一定想回来再干一场。"赛斯说，"达莉和孩子们最好留在周日岛一段时间。"

乔伊却不愿意这么做。他知道邻居对他坚决要在那儿盖房子有意见，因此他也不想受他们的恩惠。虽然大家在他面前没说什么，但神色已透露出他们的态度，他可以想象得到大家在背地里怎么说他。

因此隔日，萨吉特一家便统统回到了海角。乔伊向赛斯保证说："我们过日子没问题。黛比已经大到可以断奶了，如果红番来了，我和埃拉两人抵抗也绰绰有余。"

"如果我们听到枪声，就会立刻赶过来。"赛斯向乔伊说。

"不管怎么说，暴风雨快来喽。"提摩西眯着眼望向海面远方灰蒙蒙的沙漠山岛，"他们一定会找个藏身之处，等暴风雨过后才上路。"

"我认为他们不是平常那些来犯的泰拉提人。"纳森·威尔说，"大概是三四个人路过这儿到北方去，粮食吃完了，就找上你家。"

"不管是谁都一样。"达莉插嘴说，"我们绝对会待在屋子里直到确定安全为止。失去母牛事小，丢掉头皮才糟糕。"

提摩西料得没错,才一会儿工夫,东方和北方的天空便堆满了乌云,大海也开始汹涌。邻居们都得赶在暴风雨来临前回家,因此没再多说什么便各自上路了。

"看着他们离开我就难过。"达莉说,"谁知道下次见面前会不会发生什么事?"

下午过了一半,开始刮起狂暴的东北风,大雨凶猛地打在木头房子上,又沿着屋顶奔流下来,像无数的迷你瀑布。窗户外框的木头窗板都关上了,屋内全靠炉火照明。

雨水从烟囱泼下来,浇得炉火不停发出滋滋的爆裂声。虽然炉子里正烧着四根大木头,再加上不时丢进的一些干球果,火还是燃不旺,屋里充满浓烟。

"烟跑到我眼睛里了。好痛喔!"佩蒂一直用手揉眼睛。

"你以为只有你眼睛痛吗?"凯利柏粗声粗气地说,"我一直流眼泪,连我正在削的这根汤匙都看不清楚,怎么工作嘛。"

"还好,修道院里那些好心的修女教我不要看着针编织。"玛格丽特一边忙着织毛线,一边说,"要不然像现在这样一直流眼泪,我一定会漏了很多针。"

"你们应该高兴啦,是烟害得你们流眼泪,不是发生了什么伤心事。"达莉摇着摇篮里的黛比,插了一句。

埃拉没有听他们的谈话,似乎独自沉思着。玛格丽特猜他一定在想艾比和削玉米的事。乔伊忙着把一根云杉木挖空做成水桶,看起来忧愁又憔悴。自从夏天起他便留了一嘴粗粗的胡子,棕色的胡须中夹着不少花白,使他显得比离开玛布岬时老了好几岁。

"我们带来的十六只鸡只剩下四只。"他告诉妻子,"有三只是被老鹰或什么动物抓走的,其他都被红番偷了。能剩下四只真是托天保佑。"

"今年冬天大概没办法吃到几颗蛋了。"达莉叹气说,"老布兰多和小牛又不见了,我实在不知道要怎么过下去。"

"住在海边永远不会饿死,"乔伊说,"我们还可以捕鱼和猎鸟,日子不会太糟的。"

他们围着炉火吃晚餐。没什么人说话。玉米布丁烧焦了,达莉从糖蜜小桶分给每人一点糖蜜。

她说:"趁还有好东西的时候,我们不如把握机会享受一下。"

夫妻俩忧愁的情绪像一层厚厚的雾笼罩整个屋子。玛格丽特觉得自己也变得苍老又疲倦,与前天那个跳舞的女孩好像相隔了五十年。

暴风雨声中,屋外突然传来一种声音——先是微弱的叩门声,然后是撞击的声音。大家都抬起头来。

"有东西想要进来!"玛格丽特喊出来。

"对,就在门外。"埃拉也说。

"南瓜!"躺在地板上的雅各布,突然跳起来。"南瓜回来了!"

"不可能,它会吠的。"凯利柏说。

埃拉最先走到门边,其他人跟在后面。埃拉一只手放在毛瑟枪上,把门栓拉开一点点往外瞄。

达莉喊道:"小心,大家别站在门边!"

门缝下随即挤进一个毛茸茸的头,然后便是一个瘦巴巴、湿淋淋的身体,从埃拉的双脚间窜进了屋里。

"南瓜!我就知道是南瓜!"雅各布高兴地抱住滴着水的小狗。

"可怜的小狗!可怜的小狗!"玛格丽特也跪在南瓜的身边。

南瓜朝他们走了几步,摇了摇尾巴,便虚弱地瘫在地上。雨水浸湿的毛皮下,肋骨清楚可见。

玛格丽特让南瓜的头摆在她的膝盖上,两手插进纠结的狗毛间寻找伤口。她对着孩子们说,"快!给我拿点水,再拿一把刀。"

雅各布害怕地大叫,玛格丽特赶快说:"不!不是我要伤害它,是它受伤了呀。你看他们怎么对待它的!"

难怪南瓜叫不出声来,它的嘴巴被坚韧的皮绳绑住,口鼻都磨得鲜血淋漓。它身体一侧有个很大的伤口,颈子的毛也扯掉了一半,好像是为了挣脱系绳造成的。"可怜的家伙!"埃拉说,"几乎被整死了。"

孩子们都围着南瓜哭,玛格丽特也红了眼眶。

雅各布边呜咽边喊:"你看,它还在摇尾巴⋯⋯它努力想要摇尾巴。"

"唉,至少它回到家了。"凯利柏的声音比平常多了几分感情,"我把它嘴上的绳子割掉,它可以喝水了。"

但是几天没吃没喝,南瓜的舌头肿得不能动,没办法自己喝水。玛格丽特用手捧起水，一点一点滴进南瓜的喉咙。南瓜转转眼睛表示感激。

达莉拿出黑普莎姑妈送的药膏，和收得好好的布条来包扎南瓜的伤。

"真希望可以给它喝一些牛奶。"贝姬说。

"牛奶对它是不够的。"埃拉说着，从碗橱里拿了一个扁扁的小铁壶，那是他每次打猎时都会带着备用的救命水——酒。他往狗的喉咙里倒了几滴，它的精神似乎立刻好了一些。

"每一滴可都跟银子一样宝贵哪。"埃拉说道，"但是用在它身上不算浪费。它碰上这样的遭遇，我们应该像救人一样救它。"

玛格丽特小心地帮它包扎好伤口，再帮它在火炉边铺了个温暖的窝。

圣诞礼物

几天后，南瓜逐渐康复了，不过后脚不能像先前那样弯曲，身上也留下明显的疤痕，有时候它在睡梦中会突然抽搐，或哀叫几声，玛格丽特不免猜想狗是不是像人一样，也会梦见过去痛苦的遭遇。

她对别的孩子说："如果狗能说话，南瓜一定有很多话要告诉我们。"

眼下看来，印第安人已经不太可能再来袭击，不过大家还是高度警戒着。乔伊和埃拉说，他们决定不再去找那个秘密洞穴。

"就算找到了也无济于事。"他们说，"发现了牛骨头又怎样？两头牛已经回不来了。"

在这样的严冬中，他们不大有机会看到邻居。即使埃拉也没再去找艾比了。

自从削玉米那天起，埃拉和艾比已经是公认的一对，只是埃拉不太可能像传说中红玉米代表的意义那样，在今年迎娶艾比。

埃拉已经买下他哥哥的一小块土地。那块地有一百亩大,在他们海角的东边尽头,不过一棵树都还没伐,当然也没有地窖和水井。

"我明白汉纳·威尔讨厌看到我。"埃拉有一次向达莉说起这件事时,被玛格丽特听见了。"她原来指望艾比嫁给伊森。"

"他的条件确实比你好。"达莉说,"整个周日岛将来都归他所有,而他们的屋子又很宽敞。"

埃拉回答:"她绝对不会后悔喜欢我的。"说完便拿起斧头,走到屋外劈柴去。

就十二月而言,那天天气还算暖和,于是玛格丽特抱着黛比来到屋后看埃拉劈柴。

黛比被密密实实地裹在羊毛披肩里,只露出鼻子和几簇淡色发丝,看起来活像一条棕色的毛毛虫。

埃拉劈柴的动作又快又准又稳,有时他停下来休息,就顺便跟玛格丽特聊上几句。这时他又停下来,用袖子抹了抹冒汗的额头。玛格丽特问他:"今天是几月几号?"

"我看看。"埃拉在柱子上每天刻一道痕,每个月再用一条比较长的线作为划分。"我没弄错的话,现在是十二月中旬了。没错,明天是十七号,我答应送艾比一顶海狸帽的日子。"

"是圣诞礼物吗?"玛格丽特问。

他摇摇头。"不是。我们清教徒不时兴那蠢玩意儿。在玛布岬时,当天我们会去聚会所,不过我听一个荷兰男孩说过他们在老家是怎么个庆祝法。"(译注:当年的美洲移民主要是清教徒。他们虽然和天主教一样信奉上帝,却坚持一切仪式要简化,生活要清苦,不玩乐也不铺张庆祝。)

"你是说,它跟平常的日子没两样吗?"玛格丽特瞪大了眼睛,失望极了。"不唱圣诞歌、不吃蛋糕,也不交换礼物吗?"

"大概就是这样吧。"埃拉说着便继续劈起柴来。

如果连埃拉也不觉得有必要过圣诞节的话,那就不用问达莉和乔伊怎么想了。玛格丽特只好尽量不去想圣诞节的事。

然而,时间越近,她越是怀念从前兴致勃勃准备佳节的欢乐气氛。她梦见奶奶做着最拿手的圣诞蛋糕,还慎重地加进一碗碗葡萄干和核桃仁到奶糊里搅拌。唱圣诞颂歌的时候,修道院的修女们会打着节拍,让所有学生在同一瞬间齐声唱出,"圣诞快乐!"

她找了机会,把耶稣降生时,约瑟和玛利亚找不到地方住,使圣婴不得不诞生在马槽里的故事讲给孩子们听。她告诉他们,圣诞夜时教堂里怎样点满蜡烛,中间怎样摆着描述马槽故事的小木雕人像,围绕在旁边的牛羊和牧羊人雕刻得怎样栩栩如生。不幸的是,这些话被达莉听到了,狠狠训了她一番。

"拜托,不要再讲这些天主教的劳什子给他们听。我们这儿虽然没有聚会所,可这并不代表你可以把外教想法灌进孩子的脑袋里。"

圣诞夜将以这样的方式降临在这座海角的圆木房子。没有蛋糕,没有蜡烛,没有焚香;没有人会觉得少了什么——除了玛格丽特之外。

那天中午她独自一人走到月历柱子边,再次数了一遍那个月的刻痕。千真万确——明天就是二十五日。她想,如果能去一趟黑普莎姑妈家的话,也许她就不会这么想念圣诞节的气氛。可是现在潮水正高,上星期的积雪还没融化,出门很难。乔伊说,海边地区下雪是少有的现象。那时候赛斯看到北极光,曾说今年会是个严冬,看来不假。

外面还要半个多小时才会天黑,屋子里却已经暗下来了。屋内两扇窗子的小片玻璃上结满了厚厚的霜,要先呵气再用指甲刮,才能看到一点外面的样子。玛格丽特站起来,从门后的木钉上拿下斗篷和头巾。

她握住门把,正要推开门,达莉问:"你要去哪里?"

她吓了一跳。"哦!我想去捡一些球果回来。"她赶紧诌出闪过脑海的第一个念头。"篮子里没剩下多少了。"

"是吗?去吧。"达莉说,"别捡那些湿的,烧起来会冒烟。捡底层的。不行,雅各布,你不能去。外面太冷了。"她转身对雅各布说。

玛格丽特穿上黑普莎姑妈给的鞋子,系上斗篷,挽着篮子走出去。

一关上门,抑郁的心情顿时消散不少。站在雪地上,看着那一片葱葱郁郁笔直的树木,只觉得舒畅无比。这片景色有着圣诞节的气息,因为过圣诞节时,教堂里经常用冬青树点缀。

也许她可以在泉水后面的森林边找些红莓果,带回去送给孩子们。过圣诞节不送礼物是会触霉头的,反正不告诉他们这是圣诞礼物就好。

她转身走向屋后的森林小径。抬起头来，海那边就是周日岛，她可以清楚地看到乔登家屋外白茫茫的一片，那是空地上堆的积雪；上方黝暗尖耸的黑色森林，则是她和黑普莎姑妈去采月桂叶的那片草场。

她看见乔登家的烟囱飘着一缕轻烟，这使她感到很温暖，因为那表示黑普莎姑妈正在弄晚餐。她站了一会儿，遥送对方一个圣诞祝福。

"不知道她开始做新棉被了没？"她一边走进树林一边想着。"有了伊森带回来的靛青，她可以熬一锅蓝色染料了。"

她在泉水边的空地拨雪寻找，并没有找到红莓果，于是走入那条仅以树干刻痕为记的小径。森林里寂静无比，唯一的声响便是偶尔拨动云杉和枞树的微风。

外头的天色没有她想的那么黑，因为地上的积雪会反射光线，把白天留住。有时她停下来，弯腰拾一些球果，并仔细抖掉上面的雪花。

气温非常低，但是玛格丽特不停地走着路，旧斗篷和头巾又温暖地裹住全身，因此一点儿也不觉得冷。周围没有一点儿声音，只有她的脚踏在雪里，擦擦擦地响着。

她好想唱圣诞颂歌，此时此刻，修道院的修女们也一定在遥远的地方指挥着学生们提高嗓子唱歌吧！

她放下装球果的篮子，双手在斗篷里面虔诚地握住，张口唱出从小就会的一首圣诞歌。

"圣诞快乐——圣诞快乐——圣诞快乐！"

寂静中,她被自己的歌声吓了一跳;然而听见熟悉的歌词,她的心情渐渐恢复了。于是她唱起奶奶最喜欢的这一首:

我听见天堂回荡着
天使的歌声,
那歌声震颤大地
捎来讯息。
天堂的小孩已经找到,
人人赞仰不迭。
哦! 玄妙的奇迹,
躺在摇篮中的神!
然而不可思议的是,
这天际尊崇的王
却得丧命于十字架。
圣诞快乐! 圣诞快乐! 圣诞快乐!

在逐渐昏暗的森林中,她忘情地唱着,心中似乎得到了抚慰。长眠在心灵深处的母语,有如泉水般的流了出来,好像她就和修女们一起站在烛光摇曳的教堂中,而不是一个人孤零零地待在远方这个荒凉的森林里。

"圣诞快乐! 圣诞快乐!"面对着一排一排的云杉,她放声唱出最后一遍,然后转身准备循着自己的足迹回家。就在这时,一个黑糊糊的什么东西从树后窜出来,迅速地向她靠近。

她根本没有时间逃,只知道嘴边的歌词还没有凉透,那个人已经站在她身旁了;既没看见他移动也没听见他踩断枯枝或踏雪的声音。

那是个高大的印第安人,穿着毛皮,拿着一把毛瑟枪,看起来和他衣服的流苏、头上的彩色羽毛很不搭配。古铜色的皮肤使他的眼睛看起来很亮,一边脸颊上有一道深深的疤痕。

她可以把他看得那么清楚,是因为他站得很近。然而她连一寸也没办法挪开,那只脚好像生了根似的插在雪里。她的心脏也许还在跳,但她觉得它好像冻结了。

大概有一世纪那么久,印第安人的黑色眼珠一直眨也不眨地盯着她,玛格丽特则等着对方拔出腰间的弯刀来结束她的生命。然而他的手没有动,嘴形却绽开成一个奇怪的微笑。

他的嗓子是低沉的喉音。"圣诞快乐!"他小心翼翼地用法语说,"圣诞快乐!"

玛格丽特觉得心脏又重新跳动起来。但是她的腿还是木愣愣的,两眼无法置信地盯着他。这必然是奇迹,一个野蛮人从树林中走出来,用她的家乡话在圣诞夜向她问好! 她勉强挤出一个笑容,也向他问好。

这个印第安人只会说很少的法文,发音又不准。不过从那几个字加上比手画脚,玛格丽特知道他曾经在加拿大的魁北克和法国人住过,他现在就是要去那里——他指着那个方向,意思好像是这样。

她不清楚对方听懂她多少。但是每次她说到"圣诞快乐",

他的眼神就发亮,并跟着重复一遍。他告诉她,神父们治好了他,说着指指脸上的疤痕,并用两根细长的手指画了一个十字。

天差不多全黑了,只有微弱的光线照在云杉顶端。南瓜的吠声远远传来,玛格丽特知道她该赶快回去,不然他们会认为她出事了。要是乔伊和达莉他们跑来,看到她在树林里和一个印第安人聊天,他们会怎么想啊!

突然间,她起了个冲动的念头。她掏出挂在胸前的绳子,拿下比尔叔叔的镀金纽扣,递给那个印第安人。纽扣在幽暗的林间闪烁着光芒。

"圣诞礼物。"她说着,把纽扣放在他手中,然后转身跑回家。

她一直跑出森林,来到空地,心脏仍然怦怦直跳。南瓜跃起来欢迎她,她趁机把绳子塞回衣服里。她没想到自己会送出这样一个圣诞礼物。这样奇妙的一场邂逅,不是上帝安排的,还会是什么呢?他知道玛格丽特在这个晚上是多么寂寞,特意派这个人来安慰她。

然而这件事不能让其他人知道,如果凯利柏知道了,除了会狠狠嘲讽她之外,从此更将不留余地地鄙视她如仇敌。

对于她的迟归,达莉免不了要申斥一番。

"我想你是欠一顿好打!"她凶巴巴地说,"这时候在外面待那么久。连黛比有时候也比你懂事。"

隔天,除了乔伊在玉米粥早餐说了一段冗长的祝福词之外,没有任何人提起圣诞节。但是玛格丽特不再介意了。昨晚她不就遇见神迹了吗?

奔走在结冰的海面

　　赛斯所说的严冬预言果然成真了。没有哪个冬天下过这么多雪,即使偶有太阳晒融了表雪,冷锋又会很快降临,把融雪结成硬块,硬得足以承受个大男人站在上面。东北风狂吹不停,挟带着像细铁丝那么尖利的雨雪。

　　这种天气,驾船已是完全不可能了。到了二月,整整有一星期气温低到了极点,最后竟然连海峡都结冰了。本来打算用来过整个冬天的柴火,在这七天之中就用掉了一半,乔伊和埃拉每隔两小时就爬起来添一次柴火,大家把所有的棉被和羽毛垫都搬到炉火边睡觉,否则冷得睡不着。

　　是埃拉最先发现海面结冰的。"这是我这辈子经历过的最冷的冬天。"他说,"改天我们全家远足到周日岛吧!"

　　"涨潮有十二英尺高,要在上面走可不容易。"乔伊说,"不过,即使冰面凹凸不平,我想承载一个人的重量应该没问题。"

　　孩子们都跃跃欲试。走路到周日岛,把黑普莎姑妈吓一跳,一定很好玩。然而达莉可不这么想。连埃拉也说,他才不要当第一个尝试的人。

这些日子以来,饭桌上的食物越来越可怜。他们只剩鱼干、桶底最后的一些玉米片,还有今年栽种的芜菁。糖蜜也没有了,实在寒碜得很。

"我现在想,布兰多和小牛丢了也好。"达莉叹气说,"否则它们根本熬不过这样的冷天,要我眼睁睁看着它们饿死,我会受不了的。这阵子看到孩子们瘦下去已经够可怕了。"

玛格丽特本来没注意到这一点,现在达莉一提起,她才发现他们果真变得苍白干瘦。他们关在家里快两个月了,夏天晒出来的黑皮肤和雀斑早已消失,一双眼睛显得又大又圆。最严重的是雅各布,他看起来骨瘦如柴,像个装在大布袋衣和灰毛裤里的干瘪小老头。

"自从被锤子砸到头以后,他就很难照顾。"达莉又说,"我不知道该拿他怎么办才好。"

"春天到了他就会好的。"乔伊安慰她。

"如果春天还会来的话。"坐在一旁的埃拉接了一句。

玛格丽特把黛比抱在腿上摇着,那孩子朝着结霜的小窗伸出手,好像想抓住那儿射进来的一道薄薄的冬阳。她已经满一岁了,嘴里长出两排小白牙,肩上垂着细细的鬈发,模样完全是个小女孩,而不是婴儿了。

苏珊和贝姬老早就开始操心黛比还不会说话的问题,不过她们的母亲说,再拖久一些她也不担心,屋子里能少一些吵闹声最好。

"不知道她最先说的会是什么?"贝姬说。

"通常是妈、爸之类的。"苏珊说,又对黛比喊,"'妈',黛比,叫'妈'。"

黛比没有跟着喊妈。对这件事,她可是自有主张。

到了下午,玛格丽特抱着她坐在窗边时,黛比说了她生平第一句话。"玛吉。"她说得缓慢而清楚。

"天哪,真想不到!"达莉惊叫道,"说得这样好。来,让她舔一舔舀糖蜜的汤匙吧。"

即使过了好多年,玛格丽特只要想起那稚嫩的一声"玛吉",眼睛就泛红了。因为意外就在那晚大家睡着之后发生的。

那天晚上刮着狂暴的东北风。为了取暖,他们都睡在火炉旁,挨着火炉排成半圆形。乔伊、埃拉、凯利柏三个男人睡在最外侧,女人和小孩睡在中间。玛格丽特与佩蒂、雅各布盖同一条棉被,旁边是双胞胎,再过去是达莉和黛比。

每次乔伊和埃拉起来添柴火,玛格丽特都会被丢木柴的声音吵醒。她迷迷糊糊看着埃拉把木头推进炉子后方,以免火星飞到外面木头地板上,然后又睡着了。

不知过了多久,她听见了可怕的哭声。她惊坐起来,看见黛比趴在火炉边的石板地上,衣服着了火,南瓜疯了似的绕着黛比跳来跳去,用牙齿扯她烧着了的衣服。

玛格丽特吓得动弹不得,眼睁睁看着达莉一把揪起全身是火的黛比,拼命地用手拍火。乔伊抓起旁边的床单来扑火,埃拉也迅速拿来水桶，用水泼在黛比身上将火浇熄。几分钟之内火就完全熄灭了。

然而对于黛比却太迟了。

大家绝望地围着孩子。达莉把她抱在身上，轻轻剥下这黏在身上的衣服碎片。

达莉不停地说着同一句话。"她自己悄悄爬到火边去了。睡前我怕她冷，用披肩包住她，压根儿没去想披肩的毛边有多容易着火。哦，乔伊，我们该怎么办才好？"

埃拉说："奶油或橄榄油可以涂伤口，可惜我们没有。不过，达莉，你把她交给我抱，你去找找看架子上是不是还剩下一些。"

然而油只剩一点点，黛比的烧伤又那么严重，从头到脚几乎没有一处完整的。看着她全身焦黑红肿的模样，听着她越来越痛苦的哭号，玛格丽特难过得忍不住哭了。

凯利柏似乎受不了这凄惨的场面，猝然转身走开。

"都怪我们！"达莉疯了似的对着丈夫喊道，"让我们陷入这样田地是你的错，但是没有听从黑普莎姑妈的话用火烫她，是我不对！我就是不忍心烫自己的孩子，现在你看看，她成了什么样子！你睁眼看一看，乔伊·萨吉特，你给我好好地看看她！"

乔伊抱起孩子，在房间里来回踱步。这似乎使孩子稍微好过了点，哭声逐渐小了。乔伊的脸垮了下来，五官都扭曲着，那副样子是玛格丽特从来没见过的。

达莉还存着一点白面粉。她和埃拉把一些面粉用水调成面糊，涂在黛比灼伤的地方。四个孩子坐在长凳子上，紧紧挨在一起,又害怕又伤心地啜泣着。

"玛格丽特,"贝姬呜咽着小声说,"黛比不会死的,对不对?"

"别哭!"玛格丽特对四个孩子说,"大家都不要哭。"

"你自己还不是哭了。"苏珊说。

玛格丽特继续说:"你们得好好听话? 保持安静,等我回来。"

"你要去哪里?"他们好奇地问。

她没时间回答,转身跑向凯利柏。"凯利柏! 我们得去找黑普莎姑妈。她知道该怎么办。"

他瞪着她不说话,因此玛格丽特又急急地说:"海峡结冰了,冰上能走人,他们今天才说的,你也听见了。我们现在就去,快点!"

黛比的哭声加剧了,玛格丽特催促道,"我们不能拖了。"

"好! 我们去。"凯利柏回答,眼神显示他下了决心。

凯利柏带着一盏铁皮灯笼,里面点上一根山桃蜡制作的蜡烛,就出发了。借着这点灯火和冬日的星光,他们好不容易到达了岸边。

铁皮灯笼的光亮十分微弱,因为它只是在锡盖和铁罐两侧刺出许多小孔,让光线透出来。玛格丽特绊到一颗石头,凯利柏及时抓住她,没有跌跤。

"你最好抓着我。"他说。

玛格丽特紧抓住他的袖子。他们咬着牙,顶着海上吹来的刺骨寒风,踏上结冰的海面。玛格丽特的斗篷被吹得翻了起来,她得用一只手拉住衣襟。

这时正是深夜,四周漆黑无比,灯笼投射出的微弱光线,只能让他们辨别脚下的冰层。从岸上看来平整的冰面,其实是凹凸不平的。

他们跌跌撞撞地走过无数崎岖的冰丘,脚下不停地打滑,好不容易恢复了平衡很快又被绊倒。

玛格丽特突然害怕起来,担心他们只是在原地打转,天色很黑,根本分不清哪边的陆地是他们家,哪边是周日岛。过了一会儿,她才发现凯利柏经常抬头看天空,原来他是跟着北斗七星的斗柄方向前进。

她衷心感激老天爷没有起大雾。只要他们小心走,跟着星光的指引,应该到得了周日岛,除非——不过她不愿去设想这样的可能。

埃拉曾经说,这冰已结成了结实的一整块。不过在海峡中央仍有一条狭窄的水道。

天气太冷,使他们呼吸困难,几乎没办法说话。其实就算能说话,大概也听不到彼此的声音,因为呼啸的强风一直灌进耳朵里,还有冰层下的海流不断摩擦冲撞,发出教人胆战心惊的破裂声。玛格丽特踏在上面,心里忍不住发毛。她得靠意志力才能让沉重的双脚继续迈步,她的手虽然有羊毛手套保护,但仍然又麻又痛。凯利柏的手也冻得厉害,不得不换手提灯笼,于是两人停下来交换左右位置。

"我们走了快一半路了。"他一边对她大声说,一边使劲跺着

脚,想让它恢复一些知觉。

他们再度奋力前进,玛格丽特不小心绊倒,跪在地上,凯利柏使劲将她拉起来。她跌倒的部位痛彻心扉,但她仍然勉强往前走。

他们来到一个稍微平坦的地方,感到冰下强劲的海流正用力将表面的冰层往潮水的方向拖。灯笼的微光几乎照不到一英尺远,然而他们知道这里的冰层一定很脆弱,两人本能地互相靠拢,一步一步谨慎前进,好让每一步之间,脚下的冰块都能稳稳托着他们。

他们终于再度踏入崎岖的冰丘地区——最危险的地带已经过了。于是他们又继续挣扎着往前走。

目的地快到了。东方的天空露出灰白的颜色,衬出周日岛黑色的轮廓,那真是他们这辈子看过的最好看的景象。

"快到了。"凯利柏嘶哑地挤出短短一句,玛格丽特根本无力回答。

她的手脚早已完全没有知觉,胸口发疼,每次呼吸都使她疼痛欲裂。体内有个声音不断地喊着,"我走不动了,我不行了!再走一步我就要垮了。"然而想起黛比的哭声和达莉绝望的神情,她便再度打起精神。

没有凯利柏的帮忙,玛格丽特一定上不了乔登家的陡坡。他半拖着她来到门口,玛格丽特立刻瘫成一堆。凯利柏奋力叩着结霜的门环。

乔登一家人即使看过鬼,恐怕也不会比这时候看到门外这两个人更惊讶了。

"老天爷!"黑普莎姑妈喊着,把他们拉到火炉边,动手帮他们脱外套。"你们怎么来了?"

玛格丽特已经虚弱得无法回答。凯利柏解释黛比怎么发生意外,他们怎么为了请她帮忙而渡冰前来。他一边说,姑妈一边帮玛格丽特摩擦手脚,赛斯和伊森则摩擦凯利柏的手脚。

"可是,姑妈!"赛斯的声音很低沉。玛格丽特没力气抬头看,但知道他一定是一脸严肃。"你不可能走过冰面到他们家。你把需要的东西给我们,我和伊森拿去给他们。"

"我也要去。"她听见黑普莎姑妈坚定地说,"如果这两个娃儿办得到,我也可以。伊森,把木橇拿出来,我们就出发。"

过了一会儿,黑普莎姑妈给玛格丽特喝了一种又烫又辣的东西。

"赛斯,把她拖到我的床上。"姑妈说,"我们回来以前,先让他们在这里好好休息吧。"

玛格丽特感到温暖的棉被盖在身上,原先每次呼吸便紧钳住胸口的那种痛楚慢慢淡去,全身泛起一种轻飘飘的舒畅感觉。

她嘟哝了一句:"你会救她吧?"

"我会尽全力的,孩子。"她听见这句回答后便恍惚睡去。

可惜黑普莎姑妈使出的全力还是敌不过死神,玛格丽特和凯利柏的努力也成了泡影。

埋葬在异乡的小灵魂

中午过后不久,乔登家的三个人回来了。黑普莎姑妈坐在雪橇上,赛斯和伊森在前面跑着。玛格丽特还在床上迷迷糊糊地躺着,凯利柏已经起来,拖着冻伤的脚走来走去。看到他们进门的表情,两人就知道结果了。

黑普莎姑妈走到火炉边,伸出手取暖。"我们能做的都做了。"她终于开口,"但是我们去的时候她就快没气了。"

"你是说她……她死了?"凯利柏的声音微弱而嘶哑。

"没错,可怜的小东西。我想这样也好,因为再怎么说,那样严重的烧伤根本不可能痊愈的。只是我实在无法接受。"

"可是她还这么小,不应该死的!"玛格丽特已经泪流满面。"她本来还好好的,快快乐乐的,而且……她还叫了我的名字,就是昨天而已,完全没有人教她。"她转身把脸埋进枕头里,号啕大哭起来。黑普莎姑妈坐在她身边,温柔地拍着她的肩膀。

凯利柏慢吞吞地说:"枉费我们花那么大力气渡过海峡。"

"恐怕就是如此，孩子。"赛斯回答，"把衣服穿上，我用雪橇载你回去，你家那边正缺人手。老天保佑冰层还支撑得住。"

赛斯、伊森和凯利柏离开后，黑普莎姑妈煮了一壶呛鼻的药草茶，和玛格丽特两人趁热喝了。

药草茶让她们恢复了不少精神。过一会儿，姑妈拿出一卷软羊毛布，帮黛比缝一件下葬时穿的衣服。玛格丽特这时终于有力气坐起来帮她了。

"我其实有一块亚麻布。"黑普莎姑妈一面做活一面说，"可是在这样的冷天不能给她穿亚麻衣服。我想人就是这样，明知道死了没感觉了，却总认为他们还和我们一样。"

"是的，的确如此。"玛格丽特叹了口气，"黛比穿这样一件白色的小衣服一定很好看。她在世上只穿过灰麻布和深色的麻棉衫。"

赛斯带了一些木板，拼成一具小棺材。伊森帮乔伊在森林外的一片空地挖墓穴。寒冷把土地冻得硬实，即使挖这么一小块地都吃力得很。第二天，玛格丽特跟着黑普莎姑妈及埃拉一起回来时，还能听见斧头和锄子敲在地上发出的钝响，像是在敲石头，而不是泥土。

因为没有那么多双鞋子给所有人穿，玛格丽特和小孩就留在屋子里，让别人去参加葬礼。结束后，凯利柏告诉玛格丽特，他们只念了段祷词，没有唱挽歌。天气实在太冷了。

那天晚上大家都累得说不出话来，连达莉也没有眼泪可流了。

　　过了一天，玛格丽特的脚能够勉强塞进鞋子里，于是她一跛一跛地来到黛比的墓前。那是一个非常小的土堆，小得似乎连黛比也装不下。

　　玛格丽特站在坟前，开始祷告。南瓜蹲在一旁，垂着尾巴，聪慧的棕色眼睛露出哀伤的神色，仿佛也在哀悼。

　　她把所记得的祷词全都念完后，仍然舍不得走。刺骨的海风不停刮着，天光已在加速消逝。玛格丽特双手合在胸前，唱起她经常用来哄黛比睡觉的摇篮曲：

　　　　摇啊摇，小宝宝，
　　　　快快睡个好觉觉。
　　　　摇啊摇，小宝宝，
　　　　快快睡个好觉觉。

　　离开之前，她转身眺望大海，看见太阳正缓缓落到岛屿后方，将一道道金色光芒散布在西方的天空。

　　她回到家，埃拉正好走出来，在门边的柱子又刻了一道痕。

　　"明天是三月一日。"他缓缓露出一个最近少见的笑容，说道，"我想没有人会惋惜这是冬天的最后一天。"

第四章

春　天

熬枫糖

春天的暖风迟迟没有来临。埃拉虽然每天在柱子上刻一条痕,但是他们看到的仍是雪、霰和不变的东北风。海峡虽已破冰,却无法航行,因为海面上有许多漂流的大块碎冰和狂怒的海涛。埃拉已经几个月没看到艾比了,这使他很苦恼。

"如果能沿着海岸开一条小径,我只要花个半天就可以走到威尔家了。"他对达莉抱怨。

"如果真有一条小径,早就被你走成大路了。"达莉说,"谁听到你这么激动,都会以为你要是再见不到她,她就要变成白发老太婆了!"

"我的确觉得好像很多年没看见她了。"埃拉叹了一口气,然后回头继续制作采集枫树汁要用的木桶。

这一整段日子以来,他们都在盘算泉水附近的那两棵糖枫。一想到不久后就可以在速成布丁上浇稠稠黏黏的枫糖,大家都要流口水了。

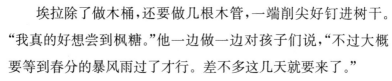

埃拉除了做木桶，还要做几根木管，一端削尖好钉进树干。"我真的好想尝到枫糖。"他一边做一边对孩子们说，"不过大概要等到春分的暴风雨过了才行。差不多这几天就要来了。"

暴风雨果然准时报到，肆虐了整整两天两夜。圆木房子在风暴中摇来晃去，玛格丽特惊奇地听着大人们说，这表示在他们南边好远好远的赤道地区，太阳正走到那儿的正上方。在春分暴风雨的这几天，白天和晚上是等长的，然后白天慢慢加长，天气变暖，渐渐变成了夏天。

她想："太阳多神奇啊。怪不得比尔叔叔说古人会崇拜太阳神。"

他们又重新忙着准备采树汁的活儿。玛格丽特觉得这件事真是又奇怪又新鲜，在勒阿弗尔她从来没听说过这种事。她反复地问了又问，把木管钉进树木汲取它的树汁，怎么不会让树死掉，还有其他一大堆问题。他们不得不一遍又一遍向她保证，树绝对不会死。

采树汁的日子终于到了。全家为此大大骚动了一番，因为正在融化的雪和冰使路泥泞不堪，很难走，而他们的鞋子又不够穿。双胞胎共穿一双鞋，于是决定抽签看谁可以去。佩蒂没有鞋穿，难过得不得了，直到玛格丽特答应要背她过去才破涕为笑。

在正午的太阳下，一小队人来到了枫树前面。埃拉和凯利柏带来了许多装备，他们先从较大的那棵枫树开始，埃拉在树皮上切个口，拿一根锥子钻进去，直钻到锥柄为止。

"嗯……汁很多。"他满意地说,"凯利柏,给我一根木管。"

他们在两棵树上都做了切口,打进木管,然后在树干上各挂了一个大木桶。"滴答！滴答！"木桶还没完全挂好,树汁已经滴进木桶里了。

"嗯,好吃!"雅各布用手指接了一滴枫树汁,咂着嘴品尝那滋味。"跟糖水一样甜。"

"你等着瞧吧,"凯利柏说,"等它熬好,会比糖蜜还甜,而且差不多和糖蜜一样稠。"

"要熬出一壶枫糖浆,需要好多好多的树汁哩。"埃拉说,"所以你们这些小萝卜头要常常到这里来检查水桶是不是满了。"

"是啊!"玛格丽特点点头,"漏掉一滴树汁都很可惜呢。"

第二天中午,他们已经收集到满满一口大铁锅的树汁。熬糖的工作需要很长时间,温度既高,锅子又重,不适合在厨房里进行,因此乔伊在屋外不远处堆起石头升火。他把三根结实的柱子竖在地上,顶端靠在一起成为尖尖的形状,那口大锅就吊在木柱顶端的下方。

达莉拿着一根绑在长木棍上的汤匙走出来。埃拉临时帮她弄了这么一根长汤匙,好让她离火远远的就可以搅拌糖浆。树汁沸腾以后,锅的上方开始弥漫着烟和蒸气,使空气中充满了浓郁的甜香。香味把孩子们吸引了过来,他们像小鸟或松鼠一样蹲在附近的木头堆上,睁着圆圆的眼睛期待地看着,鼻子抽动个不停。

在埃拉的指挥下,玛格丽特和凯利柏从森林里取来一堆干净的白雪,把它装在一个平底锅里,压得结结实实,放在一旁。等到达莉宣布枫糖已经煮好,乔伊和埃拉把锅子从木柱上解下来,伟大的一刻终于来临了。埃拉把一瓢又一瓢沸腾的咖啡色糖液倒在平底锅里的雪块上,枫糖遇冷立刻冷却变硬,结成芳香的脆糖片。剩下的枫糖就倒进准备好的汲水桶里。

埃拉把平底锅放在木头堆上,喊着孩子们,"自己动手哟。"他自己早已剥一大块吃起来了。

玛格丽特觉得她从来没有吃过这么好吃的东西!在吃了好几个月的咸鱼、玉米粥和芜菁之后,又甜又香的枫糖简直就像另一个世界的东西,连乔伊和达莉也不停地夸赞着好吃。

孩子们很快就全身都沾上黏兮兮的咖啡色枫糖。玛格丽特看了看雅各布和佩蒂的模样,笑着说:"还好现在不是夏天,要不然你们全身这么甜,蜜蜂一定会飞到你们身上!"

大家都笑起来,一边舔着自己的手指,舍不得浪费一滴糖渍。

这场小型庆祝会结束时,下午也快过完了。达莉先带着孩子回家,玛格丽特和埃拉则再去一趟泉水边,把刚收集到的枫树汁带回来。埃拉提大桶,玛格丽特提小桶,两人并肩走着。昏黄的天空里浮现着黝黑的树影。

他们经过黛比的小坟,玛格丽特不禁停下脚步。

"真可惜她一辈子都没有尝过枫糖。"她难过地说,"她那么喜欢甜的东西。"

埃拉沉默地点点头,玛格丽特明白他和她有一样的感受。

当他们走下山时,埃拉眯起眼观察沙漠山和东北方的天色。

"风转向西吹了。"他说,"如果一直是这风向,我打算到威尔家一趟。你想一起去吗?"

玛格丽特兴奋得涨红了脸。"可是不知达莉准不准我出门。"

"这事包在我身上。"他向她担保,然后有点忸怩地说,"我知道艾比想学你在法国学的那些新奇针法。你在这里用不上,而她却有好多布可以做裁缝。"

那天晚上玛格丽特翻来覆去睡不着觉,担心达莉不答应。结果她仅仅抱怨了一两句,叮咛他们要早点回来就不多说了。然而孩子们看到玛格丽特在平底鞋外套上那双鹿皮鞋,又穿上棕色斗篷,便吵了起来。

"你们不必吵。"埃拉愉快地阻止他们,"玛吉是我唯一的船客。"

玛格丽特跑下海湾,看见埃拉已经把平底小渔船准备好了。他带了一小桶枫糖、一些上好的松鼠皮毛和海獭皮毛,打算当礼物。海风凉而不冷,阳光在每一道海浪边缘闪烁跳跃着。

"这阵风对我们很有帮助。"埃拉把小船推进海里,然后在云杉木做成的船桅上升起三角形的风帆。

他又说:"好像终于可以开始期待春天喽!不过还有个四月在前面,这个月份的天气最古怪了。"

平底小渔船上只坐着玛格丽特和埃拉两人,感觉挺奇怪的,但也很愉快。埃拉吹着口哨操弄帆,他的心情自从圣诞节前最后一次去找艾比之后,就一直不太好,今天他才真正快乐起来。

到邻家做女红

玛格丽特从来没有乘船往这个方向走过，因此每经过任何一个长满树木的海角，她都兴致勃勃地盯着看。她发现，这儿不但离沙漠山近些，从这个角度看去的形状和以往看到时略有不同——颜色更深了，起伏也更大。玛格丽特注视着它，想好好记住它的轮廓，因为能在脑子里保存沙漠山的形象，会令她感到很愉快。

埃拉突然出声："就是那儿。过了海角就到了。"

两种心情在玛格丽特的内心里冲突。一方面满怀好奇想要看看别人的家，一方面又畏惧和威尔家的人见面。她一直记得汉纳·威尔严厉的表情和不客气的言词，也害怕她的棕色粗布衣服和艾比相比，显得太破旧。

当下她真想打道回府。然而，一座饱经风吹雨打的方形房子已经在望，屋顶十分低矮，旁边有一座储藏小屋。屋后树林和屋前空地仍旧处处积雪。

当他们接近岸边时，随风传来了伐木的声音。埃拉收了帆，将船平顺地划入港湾。"这儿的海岸线形成了天然的小湾，遮蔽性比我们的好，水也比较平静，但深度不够，像伊莎贝尔号那样的大船就没办法进来了。"埃拉告诉玛格丽特。

船离岸边还有一段距离时，埃拉提高嗓门吆喝了一声，随即两个人影出现在门口。其中一个身材臃肿，穿着深色衣服，玛格丽特认出她是汉纳·威尔，另一个人当然就是艾比了。

艾比一见到他们的船，便急急跑下岸来迎接他们。她光着脚，身上的蓝裙子随风飘荡。

"埃拉，我一直在等你来呢！"

艾比往小渔船上岸的位置跑来，一路踢着小石子，卡啦卡啦地滚下了海滩。埃拉先帮玛格丽特下船，将带来的东西轻轻放在岸边，然后便一把抱起艾比，像抱小佩蒂一样轻松。

"不要这样。"艾比抗议说，"妈妈在那边，你知道她会怎么想！"

埃拉撇撇嘴："我知道。"他说着，把她放下来，两人并肩走向屋子。

玛格丽特跟在他们后面。她对艾比又敬又畏，因为艾比只大她五岁，却能让埃拉和伊森围在身边团团转。她听不到他们说什么，只知道埃拉经常把脸凑近艾比飘逸的棕发，露出开心的笑容。

由于酷寒的冬天，这栋灰色房子好久没有外人来拜访了，因此连汉纳也亲切地招呼着他们。她大概已经接受萨吉特家定居

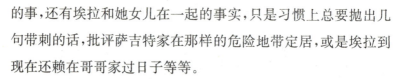

的事,还有埃拉和她女儿在一起的事实,只是习惯上总要抛出几句带刺的话,批评萨吉特家在那样的危险地带定居,或是埃拉到现在还赖在哥哥家过日子等等。

看到埃拉带来的那桶枫糖,汉纳喜形于色。她不得不承认,她很爱吃甜食,但是他们家附近偏偏找不到枫糖。她要埃拉到森林里,看看提摩西和纳森砍柴和拖柴的工作做得怎样了。等他出门后,她开始向玛格丽特巨细靡遗地审问萨吉特家在冬天发生的大小事情。

赛斯·乔登已经通知威尔家黛比的死讯。汉纳要玛格丽特把事情的来龙去脉说一遍,一面听了一面批评。发生了这样的事,汉纳简直百分之百地确定萨吉特家不会有好下场。

艾比却同情地说:"可怜的小东西!这种事不应该发生在她身上。"

她们开始准备午餐。艾比和她妈争执着要不要拿那个南瓜派出来——那是保留给特别的场合使用的,艾比认为那个特别场合无疑就是现在,汉纳却不大愿意把南瓜派浪费在埃拉和玛格丽特身上;不过最后汉纳让步了,把南瓜派拿了出来放在烤炉里。

厨房里陈列着琳琅满目的白银和陶器餐具,玛格丽特看得眼花缭乱。虽然餐具没有乔登家的多,不过平常在萨吉特家只看得到寒酸的木头盘子、一两个有裂缝的碗、一个大的白镴啤酒杯、一个有把的铁杯,因此对她而言,这里的餐具也够壮观的了;伊森送的那一套小树枝花纹的瓷茶杯和碟子,更是光彩夺目,漂亮得教人赞叹。

汉纳看到女孩眼中羡慕的神情,摇了摇头。她瞥了瞥在搅拌槽那儿忙着的艾比,对玛格丽特说:"艾比向伊森说了,要把茶杯还给他,可是他要她留着。照我想,女孩子不应该随便收下男人的礼物,除非他们已经订了终身。不过艾比有自己的想法,我是不打算再管她啦。"

"是啊,你只会每天对她说一次傻瓜才会选我。"门口传来埃拉的声音。他直直地站在那儿微笑。

等到午餐桌清理干净后,埃拉要艾比把她正在缝的新衣服拿出来。除了还没完工的衣服以外,她还有好几块新布料,一块是缀着小绿叶的浅黄色棉布,一块是蓝白条纹,还有一件用提摩西从朴次茅斯带来的红色丝绸做的斗篷。

玛格丽特的手指在华美的猩红色布料上来回滑动,眼神充满赞叹。在漫长的灰色冬季之后,她渴望看到颜色,就像她好想要尝枫糖的滋味一样。

"爸爸听到提摩西用多少钱买这块料子时,他说那简直是傻子。"艾比告诉她,"不过这是我所拥有的最高贵的衣服了。"

"这颜色和红玫瑰一样。"玛格丽特抚摸那柔软的裙边,说,"就像我在勒阿弗尔的花园看过的玫瑰一样。"

埃拉温柔地说:"艾比穿上它就像一朵玫瑰。"他瞥了汉纳一眼,确定她正在远远的地方忙着。

提摩西要带埃拉去看他们新造的平底渔船,在门外等得快不耐烦了。埃拉却磨叽着,不是看布料,就是看那些裁好未缝的衣型。

艾比对玛格丽特解释："我可以缝平常的针脚,但是要用漂亮的针法做缝边,我可没辙了。埃拉说可以请你教我。"

汉纳在一旁不以为然地哼了一声。"一个女孩如果夏天有一件印花棉布装,冬天有一件棉毛衣,就该知足了,不要再烦恼那些流行和边饰。"

然而,当玛格丽特在一块棉布上示范刺绣针法时,汉纳却挨了过来,头凑得和艾比一样近。玛格丽特的手指一开始有点笨拙,因为冬天做了太多粗活,针线拿起来似乎太轻。但过一会儿,她的手指苏醒过来,针便像以前一样敏捷地穿进穿出了。

"你怎么能缝得那么好,真是神奇!"艾比赞叹着。

"没什么。"玛格丽特说,脸却红了起来。"你要是看到修道院的修女缝出那些花朵,做成花环、小花圈和蕾丝边,才会惊奇呢。如果我在那里再留一年,我也可以学会做蕾丝。"

"花那么多时间学那玩意儿,不如做一条百衲被实用。"汉纳说。

"是啊。"玛格丽特同意,"说到百衲被,黑普莎姑妈答应要教我做。我只会'沙仑玫瑰'和'羽翼之星'的花样,她要教我'喜悦之山'。"

艾比学得很快,一面学一面不停称赞玛格丽特的手艺,使她心花怒放。她忘了身上的旧衣裳和笨拙的鞋子,甚至忘了自己只是个卖身女佣,一个动不动就要被主人骂她那口法国腔和法国举止的小下女。

桌上摆着一小卷剩下的印花棉布，玛格丽特渴望地看着，好想开口向艾比要。双胞胎的那个玉米秆娃娃已经没有衣服穿了。然而一直等到快要回家了，她才鼓足勇气，趁厨房只剩她和艾比时赶快开口。

"哎呀，你当然可以拿啦。喏，这是我那块粉红印花布剩下来的。"艾比和蔼地说。她看到玛格丽特又摸了摸那件红色披风，便说，"这边还有我做斗篷剩下的一点布。不够做衣服或外套，但是也许可以给你做一条头巾。"她把一小卷猩红色的丝绸放进玛格丽特的手里。

玛格丽特坐在那里，惊讶得说不出话来。她实在不敢相信这么多好事全在一天之内发生。最后她轻声说："你实在太好了……太好了。我只要摸到它就觉得全身温暖。它会是我最珍贵的宝藏。"

当夜晚降临时，他们才回到自家的岸边。玛格丽特快步走在小径上，三月下旬的夜晚冻得她的牙齿格格作响。但是她心里知道，在那件老旧的棕色斗篷下藏着一块布料，有着她许久未见过的美丽猩红色。

新 船 入 港

以他们去了整整一天来说，达莉骂得还不算太厉害。玛格丽特把那块红色绸布拿给达莉看，达莉决定把它放进那个保存珍贵东西的松木箱里，和她自己的宝贝布料以及五根白镴汤匙摆在一块儿。

眼前还有两个月的寒风和冷天要过，但随着白昼越来越长，他们的精神也振奋了起来。现在已经有充足的鲜鱼可吃，埃拉和乔伊也准备好耕种工具，等待种植季节到来。他们擦亮旧工具，又砍了树木做成新的斧柄。

不过现在离耕种的时间还早。即使已是四月中旬，地上还留着残霜，只在阳光比较充足的地方冒出一点绿意。

"我不知道世上还有哪个地方，从冬天进入春天竟然要花上一辈子。"达莉抱怨说，"真要让人熬不下去了！"

"它不像其他地方，你等着瞧。"乔伊总用这句话来回答，"据说这儿的春天是一口气来临的。"

男人烦恼的是没有弹药和种子。漫长的严冬里，由于缺乏粮食，他们吃光了用来做种的玉米和马铃薯，又费了大量的弹药在打猎上。剩下的弹药连挨过夏天都有问题，要是印第安人来袭的话，就没法子抵御了。

每当孩子们上床睡觉后，就是大人们讨论严肃问题的时间。乔伊一说起印第安人就显得憔悴阴郁，个性开朗的埃拉也不由得板起脸孔。

"我不能向乔登家要火药。"乔伊说，"他们的情况也好不到哪里去。摩尔斯家和史丹利家对我又不大客气，他们一向反对我们在这里定居。"

"我想我可以向提摩西·威尔要一些。"埃拉说，"不过我现在还没办法娶艾比进门，实在不想有求于人。"

玛格丽特在被窝里听着他们讨论那些严肃的事。当初来到萨吉特家时，从上床到入睡前的这段时间她满脑子想的都是老家的事——勒阿弗尔、奶奶、比尔叔叔和修道院的修女。现在她突然意识到自己开始用英文而不是法文思考，而且想的也都是要怎么才能生活得舒服点，譬如要种多少马铃薯才够全家人安然度过今年冬天，或者夏天时能不能采到很多坚果和野莓。有时候她一连好几天都忘了要伸手摸摸挂在脖子上的金戒指。

她猛然一惊，心想，"也许有一天我会忘记除了'玛吉'之外，我还有另一个名字！"

四月底了。每天早上孩子们和玛格丽特跑出门，就看到地上出现更多的绿芽。埃拉和乔伊轮流犁地和清除地里残根。去年他们砍掉所有的树之后，整个冬天便让残根留在地里腐烂。现在必须拔出这些残根，然后把洞填满、拍平，才能成为可用的垦地。

挖残根是一件艰辛无比的工作。碰到较大的树头，即使是两个大男人也要花上一整天才能把它拔出来。这种时候，孩子们和达莉都会站在门口观看，为他们加油打气。

有一次，埃拉正拿着铁橇，顶在一个特别顽固的残根底下，使尽全力又推又顶的要把它翻出。玛格丽特看着，不禁说道，"这实在很像拔巨人的牙齿。要是有一头牛来帮忙就好了。"

埃拉痛苦地直起腰来，擦擦涨红的脸，反驳说，"你还不如叫月亮下来助我一臂之力！"然后又弯腰继续努力。

"不过，也许将来我们会有一头公牛！"佩蒂快活地说。

"还要有一只白猫。"贝姬补充道。

"我宁愿要南瓜！"雅各布边喊边扑向小狗，抱住它在软软的泥土上滚来滚去。

孩子们现在没有冬天时那么苍白细瘦了，当然还是比不上原先圆圆胖胖的模样。玛格丽特看着自己的影子，发现她也拔高了不少。去年那件粗麻布洋装几乎短到膝盖了，肩膀和胸部都绷得很紧。

她现在也够得到最高架子上的木头盘子，以前她几乎连边都碰不到。春天过后，黑普莎姑妈第一次见到她，就曾经惊讶地喊道："哎呀，玛吉！你长得像野草一样快。今年夏天小心不要再晒得那么黑，再过一年你就会不认识自己了。"

黑普莎姑妈一直在缝那床新的百衲被,已经拼好了一半的布块。浅黄和深蓝的布块清楚地突显出这是花样大胆而抢眼的设计。

她摊开已经缝好的部分,玛格丽特不禁喊道:"真的,没错呢。这些锯齿的尖顶就像一座山脉浮在远远的大海里,蓝黑蓝黑的。"

那天,黑普莎姑妈告诉玛格丽特"喜悦之山"这个名称的由来,她说有一本重要性仅次于《圣经》的书,名叫《天路历程》,是很久以前一个名叫约翰·班扬的英国人在牢里写的。玛格丽特从没听说过这本书,乔登家也没有,不过黑普莎姑妈已经把书中的角色都牢记在脑海里,包括"基督徒"、"大心"、"世俗智者"等等。她告诉他们书中的故事,玛格丽特和孩子们都听得浑然忘我。

"我一直最喜欢山的那一段。在那之前,有一个地方名叫'疑城',看守者名叫'无望'。他们脱离那里以后,才到达'喜悦之山',看到了许许多多花园、果园、喷泉等等。缝这床被子的时候想着这段故事,会让我工作更顺手。"

在四月的天空下,玛格丽特和孩子们在户外消磨时光的当儿,不禁常常盯着沙漠山遥远的轮廓线,回想黑普莎姑妈所说的故事。

有一天,她又如常眺望着沙漠山,突然发现山脉前面有一个白色方形的奇怪东西。

她叫住正在门口砍柴的凯利柏。"你看那儿!"

他走到她身旁，用手掠了掠额头上的头发，眯着眼细看。

"那是一艘大船，绝对错不了。"凯利柏怔怔地望着，说道，"它向我们这边来了。"

双胞胎和雅各布朝房子跑去，一边跑一边兴奋地大喊，"一艘大船向我们这边来了！"

一分钟内，全家人都来到了海角，兴奋地议论纷纷。他们揣测着各种可能，最后乔伊和埃拉下结论说，它一定是打算走沿岸海域前往波士顿。

"不过我还是搞不懂！"埃拉说，"为什么他们不沿着岛屿外侧走，除非他们有了什么麻烦，需要在中途下锚。"

他说的果然没错。接近傍晚时分，那艘船在海峡里下了锚，于是兴奋的萨吉特家便伫在海角，等着那些人划小船上岸。

那是一艘三桅的漂亮帆船，挂着方方正正、崭新的帆，船尾则清楚地油漆着船名:幸运之星号。可惜它名不副实，才出航两天，一位船员便在爬上桅杆收帆时跌下来受了重伤。

他们靠岸的目的，除了顺便装些淡水，就是希望能找一个身强力壮的人代替受伤的船员，直到波士顿为止。他们隔天早上就要趁涨潮出航了。

玛格丽特和孩子们站在旁边听他们说话。对方说到要找人一事时，埃拉的表情亮了起来，和乔伊夫妇交换了欣慰的一瞥。

"我很愿意跟你们去。"他热切地说。

"我们载的是大英政府的货物。"其中一人解释说，"一整批上选的松木桅杆，要送给英国皇家海军的。"

另一人插嘴道:"他们现在很需要这些。他们得对付那些讨厌的法国佬和红番。"

要不是凯利柏正专心地听着他们说话,他一定又要逮住这个机会讽刺玛格丽特了。他现在已经几乎贴了上去,长满雀斑的脸紧张得皱成一团,好不容易才迸出话来,"把我一起带去怎么样? 我可以爬上索具,也会看罗盘,还会……"

他没说完,男人们便哄堂大笑。凯利柏整张脸红到了耳根。

"伙计,你们说怎么样? 我们要不要用一个小孩子啊?"一个年纪较大的人打趣地问着其他伙伴。

"你们不必给我薪水,只要能让我上船,我愿意做牛做马。"凯利柏极力鼓吹。

"你可以上船去跟船主说去——不过,你家人同意吗?"

乔伊不大情愿,埃拉却赞成凯利柏的主意。他说,这样一方面可以多一个人从波士顿带补给品回来,另一方面也可以让这孩子有个好机会,在一艘设备一流的船上学习航海。

凯利柏聆听着这一场攸关他命运的讨论,不断把重心从一只光脚移到另一只光脚,就等乔伊点头。

乔伊原本盘算要埃拉和凯利柏帮忙春天的农事,现在如果只剩他一个人忙所有的事,困难可想而知。他们已经决定埃拉一定要去,乔伊当然更加希望凯利柏留下来帮忙犁地和播种。但是话说回来,凯利柏可能再也碰不上这种机会了。

"好吧,我不会挡你的路。"最后他说,"如果你想去,就去吧。"

过了些时候,凯利柏和埃拉从大船回来了。远远的他就兴奋地嚷起来，"我去定了！船主说如果我表现良好，等到卸了货，我也可以和船上其他人一样领到银子。"

他容光焕发，骄傲地站在大家面前，好像一下子长高了许多。一时之间，那四个瞪大了眼睛的异母弟妹们以及玛格丽特等人，似乎都变成了一群只能留在这个海角的乡下小孩。

等他回来时，他就像个大人了。玛格丽特的内心泛起了一丝嫉妒。

男主人受伤

　　第二天,幸运之星便带走了埃拉和凯利柏。木头房子和屋前的空地突然显得空空荡荡的,尤其和前一晚为了准备两人行装时的骚动比起来,这会儿简直是太安静了。昨天,达莉和玛格丽特花了一个晚上补好了两人的几件破衣服;而凯利柏在百忙里竟然交付玛格丽特两样宝贝——一张晒干的松鼠皮和他在冬天里刻的小木船。

　　"玛吉,好好替我保管,我会从波士顿带一个东西给你。"他说道。

　　他们离开之后,每天在门口的柱子上刻痕计算日期,便成了玛格丽特的工作。

　　"五月一日快到了。"她刻完刀痕后,对孩子们说,"在勒阿弗尔,还有法国各地,大家都会跳舞庆祝。"

　　双胞胎问:"为什么要跳舞庆祝?"

　　玛格丽特在门口坐下。"为了庆祝春天来临呀。"她说,"我听说英国也有这个日子。"

"没错!"达莉从屋内加入谈话,她难得这么健谈。"我听长辈说过好多次呢! 他们的老家在索莫斯特,那儿每年都会竖立一根五月柱,大家要跳舞,还要玩一种叫做树叶杰克的游戏。"

玛格丽特兴奋地说:"是呀! 我们也有五月柱,比尔叔叔会拉小提琴,我和其他人一起跳舞,编织五彩的缎带。"

孩子们对这件事很有兴趣,缠着玛格丽特和母亲要知道更多细节,一字一句都巴着不放。

"我们这里可不可以也来立一个?"贝姬问,"海角上就有一根柱子,玛吉可以教我们怎么围着它跳舞。"

这主意马上被泼了盆冷水。"哎哟,谁有这闲情?"达莉惊叫,"每天我们耕种和找东西填饱肚子还不够忙? 你们还一头热的要立五月柱?"

玛格丽特也说:"而且五月柱上要编织彩带,我们没有这种东西。"

"我们可以向黑普莎姑妈要。"苏珊不放弃,"她的纺织小屋里有好多种颜色的布料。"

"你们这些话最好不要让爸爸听到。"达莉警告着,"这个时候你们都应该去帮忙他,而不是坐在门口瞎扯。"

埃拉他们走后,丢下了做到了一半的开垦活儿,乔伊得一个人完成,所以他不得不让玛格丽特和孩子们分摊一部分工作。有时候,他甚至要双胞胎拿着木头耙子和锄头,去清除地上的石头、树枝和小块树根,这些工具既笨重又大,对于孩子来说实在吃力。因此玛格丽特除了帮着乔伊播种，有空便尽量帮她们一些忙。

乔伊费了千辛万苦，在地上挖出了一道道犁沟。他们还剩下一点点玉米，赛斯也给了他们一些大麦和马铃薯好拿来种。乔伊教玛格丽特如何小心地撒下种子，每一颗都要数清楚，好像那不是种子而是黄金。玛格丽特照着他的话，赤脚踩着又湿又冻脚的泥土，来来回回地撒种。

等到幸运之星号回来，埃拉和凯利柏会带回一些新的种子，那时他们可以再种一批作物。不过，现在先下种，夏天就会有一批收成，喂饱所有的嘴巴，下一批收成便留着过冬。

一天将尽时，玛格丽特总是全身酸痛无比。一整天弯着腰、踏平泥土，这是男人或大男孩才做得来的工作，而玛格丽特又比别的女孩更瘦小。

不过在这片炫目的春阳下，景色却非常美丽。在这个北地，春天一点也不像在法国老家那样悠闲地慢慢来到，而是奇迹般的在一夜之间就把光秃秃的土地转成满眼翠绿。她明明记得，前一天还看见一块块积雪和棕色的泥土地，隔天野花却已经盛开。

林子里的果丛开出了白色的小花；苹果树的接枝上冒出嫩绿的小芽；山月桂的新叶散发出一股辛辣的芬芳。她知道，接下来沼泽地边就会开出蓝色的菖蒲，然后会出现雏菊，提醒她自己真正的名字。

"在这个地方每样东西都匆忙。"干活时，玛格丽特自言自语着,"我真的相信连鸟儿也唱得更卖力,花儿也开得更鲜艳,因为它们知道春天有多么短暂。"

虽然不知道花和鸟是不是这样想,乔伊却绝对会好好利用这段日子。

他在那一小块垦地上卖力地又犁又挖,又砍又凿,好像他唯一要做的事就是开垦。每晚他回到家时仍然弯腰驼背忘了挺身。有时候玛格丽特听到达莉说他、骂他,甚至求他,要他暂停一会儿,吃点食物。乔伊总闷不吭声地摇摇头,只用他长满硬茧的手接过食物,大口大口吃喝起来。

"我想今年不会像去年那么糟糕。"达莉说,"只要红番不靠近,没有理由会坏到哪里去。你就休息一下吧!"

一说到这件事她便不自觉地压低声音,这已成了大家的习惯。好几个月来都平安无事,但是平静得越久,就越保不准什么时候会遭到攻击。

玛格丽特跟萨吉特夫妇一样明白这一点,因此每晚上床时她都怀抱着恐惧入睡。他们都清楚,先前是由于处处冰封才不用担心突袭,一旦冰雪解冻之后,对突袭的害怕又回来了。况且赛斯第一次见面时就说过,春天最危险,印第安人就是在去年此时烧掉福林特家的。

如果萨吉特夫妇知道她在圣诞夜和一个印第安人有一场奇怪的相遇,不知会怎么说?

她常常和孩子们乘着小艇去捕鱼。海峡一带的近岸有很多鱼,连佩蒂和雅各布也能熟练地装鱼饵、抛鱼线,轻松钓起一尾鳕鱼或黑线鳕,有时候也有比目鱼和绿鳕。他们还会用凯利柏发明的网子和棍子抓龙虾和螃蟹。

退潮时,在海角东边的另一处小湾可以挖到不少蛤蜊。达莉用蛤蜊来煮海鲜马铃薯浓汤,或是用海带包起来带壳烤着吃。

达莉第一次做烤蛤蜊给大家吃的时候,苏珊说,"红番就是这样吃的。黑普莎姑妈说周日岛上留着一堆堆蚌壳,就是红番留下来的。"

"哼,只要他们不来这里,我才不管他们在哪里吃或是怎么吃。"达莉一面弄炭火一面回答。

新鲜的食物加上整天在户外工作,使孩子们胃口大开。到了五月初,他们都变高变壮了,肤色又变得黝黑,雀斑也回到了原位。达莉找出所有的零头布,设法放大孩子们的衣服,以及加长玛格丽特的麻布裙,但怎么改都赶不上他们长大的速度。

"我敢说,如果你们这些小萝卜头照这种速度长下去,我就得用全部布料好好做一件像样的衣服;有人要穿它出去时,其他人就得待在家里等着。"她叹着气说。

达莉只顾操心有关衣服的事,却不知道更糟的事就要发生了。一天,乔伊砍倒了一棵大树,他想跳开时却被一节树根绊倒,双膝跪在地上,就这么被倒下的大树压住了一条腿。

他那时离屋子很远,他们听不见他喊叫,只有南瓜听见了。孩子们原先并没理会南瓜又跳又叫的举动,最后它咬住达莉的围裙,朝着森林的方向不断做势跳跃着,他们才明白有事发生了。

他们发现乔伊时,他已昏了过去。大家费了九牛二虎之力把他抬回家。玛格丽特要去接黑普莎姑妈,但是达莉不放心这么晚让她一个人划船出海。她们只能尽量帮乔伊减轻疼痛,因为一路的颠簸已经把他痛醒了。

她们首先清洗他的伤口。乔伊头上有一边的头发纠缠成一堆,头发底下肿了一大片,受伤的腿上则沾着血块和泥沙。洗干净后更发现压伤的那条腿,有好几处骨折了。

"如果我们不快点把骨头用夹板夹住,那些碎骨可能会刺穿肌肉。"达莉虽然恐惧,头脑还是很清楚。"玛吉,你去找两块扁平的木板,要又平滑又薄的。我来煮金缕梅树汁。"

玛格丽特曾经在海湾里看到一些被咸水和阳光漂得光光滑滑的薄木板。她匆匆跑下小径,跨过石滩,在海水中翻找两片大小合适的木板。

她和达莉在乔伊的腿上包扎湿亚麻布,又绑上木板。那些亚麻床单是达莉珍爱的嫁妆,因为黛比烧伤那次已经把所有的旧布和棉被用完了。

乔伊发出呢喃而狂乱的呓语。孩子们躲在旁边恐怖地觑着,比平常更怕他。最后她们用皮绳绑紧夹板,达莉说:"他已经痛得头脑不清了。"她用双手握住他的手。"乔伊,不要这个样子。我们不会再碰那儿了,好吗?"

达莉看护乔伊,玛格丽特去张罗晚餐。她还要熬一些黑普莎姑妈送来的药草茶,好让乔伊睡得好些。

起　雾

　　自从黛比发生意外之后,他们和乔登家说好了,当海角上那根老柱子升起白旗的时候,周日岛上的人就知道萨吉特家又需要帮忙了。但是当天天色已晚,而第二天早上玛格丽特一醒来,却看见浓雾从外海吹了进来,连最近的礁石都看不清楚。

　　她下了床,隔着窗玻璃窥视外头潮湿滴水的树木。"要是凯利柏在这里……或者,要是我会看指南针就好了。"她不禁想着。

　　她有足够的力气划船,但光会划桨是不行的。靠海生活的人都很清楚,只凭感觉在浓雾中航行会有什么危险。你可能连续几小时在同一个地方兜圈子,但更糟的是如果不知不觉中划出了外海,便会撞上危险的暗礁。

　　"没办法了。我们只好尽力照顾他,等到这场大雾散掉为止。"达莉对玛格丽特说,"他痛得很。可能是骨头断了,除了把夹板固定住还能怎么办呢?"

　　玛格丽特帮孩子准备早餐,一面又想办法让他们不要太吵闹。她可以听见乔伊在隔壁房间痛得不断呻吟扭动。

她端着一碗速成布丁走进去。她真不习惯看见乔伊躺在床上，虚弱又发着烧的模样——就像一棵被砍倒的云杉那样。他的眼睛深深陷了下去，嘴唇干燥，喃喃地重复着要水。

她从床边悄悄溜开时，乔伊忍着痛问她，"今天是什么日子？"

"五月九号。我刚刚才在门外柱子刻了一道痕。"

乔伊微弱地念着，"五月九号……这么晚了，还有这么多事情没做，而我却躺在这里。埃拉和凯利柏至少还要两个星期才会回来。"

他把脸转开，又发出一声低沉的呻吟。玛格丽特实在想不出话来安慰他，只得走回厨房。现在她必须一个人担起所有家务：照顾孩子、生火、煮饭，忙得不可开交。达莉寸步不离地陪在乔伊身边，除了哄着他叫他休息，还要随时更换夹板周围肿胀处的绷带。她们煮了许多金缕梅的树汁来浸绷带，因为她们只有这个了。

玛格丽特和孩子们必须轮流去捡木头，打水，以及在退潮时钓鱼、挖蛤蜊。从来没有一天这么漫长，也不记得哪一次大雾有这么浓又这么顽固。

"玛吉，雾到底会不会散啊？"雅各布已经问了不下十余次。

"只有等风向变了才有可能。"苏珊回答，"这点你应该知道啊。"

"你看，海鸥也知道。"玛格丽特指着海岸边，"它们栖息时面朝东方，这么一来身上的羽毛就不会被吹乱。在勒阿弗尔老家，码头起雾时海鸥就是这样。但是……我想那里的雾没有这么大。"她不自觉地叹了一口气。

更糟的是,乔伊的病情越来越严重,渐渐神志不清地胡言乱语起来,有时候他大声叫埃拉和凯利柏砍树和犁田,有时候则猛地坐起,伸手去抓毛瑟枪,坚持说他听见红番在附近。

南瓜趴在房门口,昂着头看他,一副悲伤又困惑的模样。当乔伊咆哮怒吼时,南瓜也跟着发出低沉的呜咽声。

"它知道爸爸受伤很严重。"雅各布说,"如果它游泳能像在陆地上跑得那么远,它一定会去找黑普莎姑妈。"

"我想她能做的我们也都做了。"他妈妈疲惫地说,"可是她家里有比较多的金缕梅树皮,而我们的已经剩下不多了。"

"我们可以再去采树皮。"玛格丽特说,"春天大概没多少树皮好剥,那样的话我们就把整根切下带回来好了。我可以再找到那个地方。"

达莉却迟疑了。"我不放心让你们在森林里走那么远。金缕梅虽然重要,但你们离开一分一秒都会让我担心。"

那天晚上,玛格丽特努力地祷告,希望大雾赶快散去。她说尽了她记得的一切祷词,还自己编了好多。但是风向仍然不变地朝东吹,那道由水雾结成的灰墙仍然一直压过来。乔伊时睡时醒,达莉整晚守在旁边,只能坐着打盹,模样几乎和乔伊一样憔悴。焦虑的情绪使她说话的语气显得很尖锐。

从意外发生到现在已经整整两天两夜了。金缕梅树皮已经用完,现在只能用布浸冷水覆盖伤口。乔伊因为太虚弱,没力气胡言乱语的吵闹了，但他的幻觉并没有减少。

第三天早上，大雾仍然弥漫。玛格丽特对达莉说："我听黑普莎姑妈说，海边的海带很有疗效。在远处的海角那里就有，我想带孩子们去采。"

"好吧，你们去吧。"达莉不怎么热衷地说，"敷一些凉凉的海带也好，反正试试看无妨。"

五个人便拿着一只旧藤篮，带着南瓜出发。离中午还早，太阳已经发散着炙热的威力，想把大雾蒸散。这使大家的精神稍稍振作了起来。

他们发现四只母鸡之中的一只生了一个蛋。由苏珊负责在路上保管。

"这个蛋对爸爸的伤势一定有帮助。"贝姬说，"我猜鸡蛋不比药草的效用差。"

"我的额头敲破那段时间，每天都吃到一整个鸡蛋。"雅各布怀念地说，"所以我才好起来的。"

他们兴致更加高昂，继续大步前进。玛格丽特拿着藤篮走在前面，佩蒂走在她的身边。他们穿过一片靠近岸边的云杉林，因为森林比海滩好走一些。南瓜蹦跳着一路嗅个不停，尾巴竖得高高的保持警戒。

突然间它停了下来，抬着头往空中猛嗅不已，尾巴僵硬地伸直，然后发出一声低沉的咆哮，背部毛皮下的肌肉掠过一阵颤抖。

玛格丽特立刻把手指竖在嘴唇上，另一手抓紧佩蒂和雅各布,低声说:"安静! 可能有危险。"

要是在一年前,孩子们一定会尖叫着拔腿就跑,但现在他们都很懂得分辨情况。他们警戒地挤在一堆,一声不出。

他们要去的那个海角就在不远处。突然,狗儿疑惑地转头朝着那个方向,然后他们听见鹅卵石互相摩擦的细微沙沙声。

玛格丽特的喉咙立刻发紧。虽然孩子们温暖的肌肤紧贴在她身上,她却感到背脊窜上一股寒意。

"是红番。"雅各布悄悄说道。玛格丽特明白孩子们也和她一样吓得全身僵硬。

"你们站在这里,抓好南瓜别让它跑出去,我要过去看看。"她低声告诉他们。

他们瞪着她,吓坏了。玛格丽特轻轻扯脱孩子们的手,弯下腰朝着海角上方的峭壁匍匐前进,那儿有些树丛可以遮掩。她四肢并用,慢慢爬向云杉林间较稀疏的地方,地上尖锐的小枝和树根擦着她的头发和脸颊,也划伤了她光溜溜的胳膊和腿。

"安静。安静。安静。"她身体里有个声音反复提醒着。

突然树林中传出一个声音——一声长长的呼啸,很像鸟叫,却是人发出来的。她吓得打了一个寒战,继续匍匐前进。过一会儿,又是一声呼啸。两次都有人从下面的海角答应。

她终于爬到峭壁上,慢慢把身体移向边缘往下看。这一瞬间她觉得海角好像活了起来,因为岸上全是走来走去的黄褐色身体。几条独木舟靠在岸边,有一些正在划近。她看见了桨上闪耀的水珠、船上鲜艳的毛毯。

看清楚之后,她立刻离开那里。孩子们仍然害怕地站在原地,四个人把南瓜紧紧夹在中间。南瓜不安地转动眼珠,低声呜咽着,好像它辨认出以前的那帮仇人。

玛格丽特带着他们回去。"每一步都要慢慢走,一根小树枝也不能踩到。"她告诫他们。

孩子们什么也没有问。他们的光脚小心翼翼地踩在苔藓上,避开树根和掉在地上的树枝。苏珊不小心绊倒,摔破了那个宝贵的鸡蛋,但他们没时间管它了。后面又传来了一声古怪的呼啸。

五月柱下的舞蹈

他们紧张又害怕地走着,似乎永远也回不到家。终于,他们出了树林,看见熟悉的深棕色圆木墙壁、宽广的门阶,以及袅袅升起的烟。这副景象给了玛格丽特一种安全感,不过也只有一下下而已。

达莉站在门口等他们。她的手指竖在嘴唇上,低声说:"他刚刚睡着,小心不要吵醒他⋯⋯"然后她看到孩子们吓坏的脸,立刻明白发生什么事,脸色刷的变成了惨白。

"红番⋯⋯在海角那边!"孩子们上气不接下气地说道,"他们还没有到我们⋯⋯还没!"

达莉不说一句话,立刻把他们全拉进屋子,扣上门栓,拉下门内的百叶窗。他们围在一起,害怕地低声讨论着。

"我们应该拿毛瑟枪吗?"苏珊问。

"那有什么用?"她妈妈回答,"剩下的火药只够一两发子弹,而且我又不太会射击。玛吉,你想他们有多少人?"

"我不知道,但是我在挖蛤蜊的那个海角看到好多人,他们正在生火,而且森林里也有人,和海角上的人互相喊叫应答。"

玛格丽特一面说着这些话,突然一个念头闪过她的脑海。那完全不像她自己思考得到的结论,甚至当她说出这念头时,连她自己听了也不大明白,"也许他们不是来攻击我们的。如果我们拿食物给他们,他们也许就不会想剥我们的头皮,也不会想烧房子。"

达莉立刻打断她,孩子们也哭着扯住她的衣服,然而玛格丽特却坚决地重复着同样的话。她再三考虑,越来越确定这么做是对的。于是她扯开孩子的手,走到碗橱拿出他们唯一的一袋干玉米和仅有的一桶枫糖。

她感到达莉从背后伸手拉着她的肩膀。"你疯了吗?"她说。

玛格丽特摇摇头,摆开了达莉的手。就像每次面对危机时她经常不自觉地行动起来,那股让她能够完成任务的力量此刻也充满全身。唯一不同的是,这是她第一次清清楚楚地意识到,自己有着多么坚强的意志力。

达莉抓住她,用力摇她的肩膀,狠狠地喊道:"你把那些东西给我放下!你听到我的话了吗?"

玛格丽特挣脱她的手,毫不畏缩地瞪着达莉,态度坚决而从容。

"我要把这些东西拿给他们。如果他们原本就是要来杀我们的,那么这些东西迟早也会被拿走的。"话中清清楚楚的逻辑不仅把达莉和孩子们吓呆了,连玛格丽特自己也觉得不可思议。

达莉茫然地瞪着她，不知该不该继续阻止。这时，乔伊正好在隔壁房间呻吟起来，达莉赶快跑去看他。

玛格丽特抓起玉米，跑去打开门栓。"孩子们，"她一边握住门栓一边说，"不管发生什么事，你们都要照我的话做。"

"好的，玛吉。"他们害怕而微弱地说。

她要他们把南瓜绑在屋内，然后帮助她把食物放在门阶上。他们乖乖照着做，一句话也不敢问，一个个眼睛睁得大大的，充满恐惧和好奇。

就在此刻，与大雾搏斗许久的阳光终于穿透了那面灰墙。碧海蓝天从越来越大的空隙中露出来，周日岛上那棵最高的树顶已经突现在灰雾的上方。

如果这景象发生在一小时以前，他们一定会高兴地欢呼，但现在没有时间庆祝了。他们刚做好准备，就见到一个黑色的身影从一棵树后闪到另一棵树后。

说时迟那时快，那东西像影子一般无声地向他们移动过来，同时每一棵树干后面都出现了一个瘦削而敏捷的身影。南瓜在屋内发出低沉的咆哮，孩子们在门阶上缩成一团。

"去吧！"玛格丽特告诉自己，"一个人必须表现得勇敢！"

她紧张得什么都没注意到，只知道把玉米倒在一只只褐色的手上。她紧盯着玉米粒，不去看那些手的主人，专心地把玉米分配给所有伸出的手掌。然而袋子很快就空了，而那些手仍然伸着，甚至扯住她的裙子，坚决地要玉米。

玛格丽特害怕极了。她揪着裙子用力挣脱他们，回身拿起那桶枫糖。她用木汤匙舀起一匙金黄色黏稠的枫糖浆,细胳臂拿着汤匙伸向他们,那群人立刻靠过来,像一群蜜蜂绕着蜂窝打转。

她马上明白,这么一桶枫糖根本无法满足他们。他们总共有八到十个人,都是又高又壮的大男人,你推我挤地抢着要尝一口枫糖。他们看起来不像是真人,却又是千真万确。

她靠着门框稳住虚弱的双腿,一边思索下一步要怎么做。

"玛吉,他们吃完的话我们要怎么办?"双胞胎挨近她身边低声问。

玛格丽特眺望着海峡那边大雾散去后的周日岛。翠绿草地上的乔登家终于又清清楚楚地出现。宁静的房子里,黑普莎姑妈一定正在厨房或纺织小屋里愉快地忙着,丝毫不知道他们这边多么需要帮助。只有等到大势已去,圆木小屋烧了起来,乔登家才会晓得萨吉特家出事了。

她来回看着海面和岸上,要找个办法向对岸求救。最后,她看见了海角上那根旧柱子,那是他们来到这儿时,乔伊和埃拉为了拖一些重东西上岸而竖立的。她又想到孩子们要求达莉让他们用它做一根五月柱。

"五月柱!"玛格丽特说出这几个字,一个主意浮现,她立刻冲进屋内去拿达莉的松木箱子。

那些印第安人仍然围在枫糖桶边,一面舔嘴唇一面刮糖,她跑过去的时候听到他们小声地吵着什么。她注意到其中一个人的皮带上插着猎刀,另一人的腰上挂着短斧。如果他们拔刀相向的话……她颤了一下，不再多想。

达莉搂着孩子们站在门内，准备一看到那些人打算进攻，就立刻把门拴上。玛格丽特从他们旁边挤过去，一把掀开衣箱的盖子。里面是达莉的白亚麻床单和艾比送的红绸布，她抓起来用力撕，要把它们撕成布条。

达莉看到了，惊叫起来，想跑过去抢救那些东西，但又不敢离开门口，怕印第安人趁机进来。

亚麻布既坚固又紧密，很难撕开。玛格丽特咬着牙，疯狂地用力扯着，终于听见布料发出撕裂的声音。完成之后，她立刻抄起一把铁锤，抓了一些铁钉。

"走吧!"她对孩子说，"我们现在要来做我们的五月柱了。"

她说话的时候已经走出门外，一手拿着撕碎的亚麻布条，对他们招手。达莉厉声喊她回来，孩子们都不敢动，惊恐地躲在妈妈背后。

"快点! 跟着我来!"她大声说，把所有的力量投入这声命令中。就像刚才撕布条的时候，她在双手上灌入所有的力量，强迫那块布屈服她那样。

她跑到柱子旁边，开始往上爬。她的动作既快又准确，好像身体自己动了起来。这根柱子是从附近森林中砍下的一棵树干做成的，粗大而结实。几处枝干被清除的地方稍微突起，形成了踏脚处。她用牙齿咬住铁钉，布条缠在肩膀上，空出双手，吃力地往上爬。

柱子其实并不高，感觉上却比任何阶梯更高。最后她的手指终于碰到顶端,于是她用脚抵住突起的地方,喊苏珊也爬上来。

她们两人勉强把布条钉在木柱顶端。亚麻布条在春天的微风中有气无力地飘动着,有些又细又窄还起了毛边,有些则宽宽的呈锯齿状。亚麻布条之间还夹杂着一根红布条,它是用三根布条打结接在一起变成的,细细的只像一根红线。

玛格丽特爬下柱子,抬头看着这个东西,心里兴起一阵异样的感觉。不管在新大陆还是旧大陆,没有人竖立过一根这样的五月柱。

不知道什么时候,印第安人包围了她们,一双双黑眼珠奇怪地盯着她看。她听见佩蒂被一只褐色的手碰到,害怕得大叫。她很快喝住他们,严厉地喊:"跟着我跳舞!像这样!"

她抓起一根布条,向他们示范。随着舞步,她将布条一会儿穿过其他布条下方,一会儿穿过其他布条上方。一个印第安人咕哝了一声,也开始照着她的动作做。一时间其他人纷纷伸手各拉住一根布条,孩子们则挤在他们中间跳舞。

抓着布条跳舞并不容易。玛格丽特必须一再把不小心缠在一起的布条解开,对他们示范要如何把布条编在另一人的布条上。他们实在是笨手笨脚,跟雅各布和佩蒂一样,紧抓住自己手上那根亚麻布条,兴奋好奇地绕着柱子转圈。这伙人简直就像一群大孩子,高兴地玩着一项新游戏,要是其中一人累了,就换另一个人上来玩,因为布条不够分给每个印第安人。

在硬拉乱扯下,多亏木柱顶上的铁钉还撑得住。玛格丽特

知道,虽然这些人不可能学会绕着柱子编织布条,但这已经不重要,要紧的是她绝不能停下来。

当她跳着经过孩子身边时,喘着气对他们说:"我们不能停!跳快一点……像这样!"

她的呼吸越来越急促,双脚失去了知觉,机械式地自己舞动着。她的头发散掉了,奶奶的戒指在棉布衣服下重重打在胸口。汗珠沿着额头滑下来,流进眼睛里,混在海面上和布条上的阳光把她的视线弄得白花花模糊一片,使她看不清身旁经过的是孩子们还是印第安人。

"我必须一直跳!绝对不能停。"她的脑袋里只剩下这个念头,连为什么要跳舞都记不起来了。

她听见了布条撕裂和木头裂开的声音,知道五月柱终于撑不住倒塌了。头脑里轰轰的传来孩子们叫她的名字,她立刻擦干汗水想跑向他们。

面前都是印第安人,挡住了她的视线。他们正围着倒塌的五月柱尖叫,拿着刀子抢夺布条。她赶快喊孩子们过来,想趁这个时候逃回屋里。

他们逃了几步,便见到前面出现一个高大的褐色人影。他们连发出尖叫或警告的时间都没有,更不可能掉头跑开或躲起来。

孩子们本能地藏在玛格丽特的裙子后面,像一群小鸡,她感到他们呼哧呼哧地喘着热气。她知道他们和她一样,正等着那人当头一击,结束他们的生命。然而为什么那一击迟迟不落下来？

"圣诞快乐！"一句清楚的法语从上方传来。她抬头，看到一张瘦削、古铜色的脸，一边的脸颊上有一道弯曲的疤痕。

寒意慢慢从她身上退去。她吸了长长一口气。

"不要怕。"她对孩子说，"他是朋友。"

没错，就是他。他骄傲地指着自己皮革外套的流苏，那儿缝着比尔叔叔的金纽扣。

他对她微笑，朝房子那边走几步，示意他们也要回家了。他转身加入其他人的行列，玛格丽特甚至连说一声谢谢的力气都没有。

回到圆木小屋里，当他们告诉达莉事情经过时，双胞胎坚称玛吉和那个奇怪的印第安人用法文交谈。然而她除了他的那声招呼之外，根本不记得他们还说了什么。事实上，孩子们还描述了其他的印第安人如何跟着那个脸上有疤的人走进森林中，而玛格丽特什么也不记得。

"他们每个人都拿了一小块床单。"苏珊说，"他们抢成一团。"

喜 悦 之 山

　　玛格丽特回到小屋后，一屁股坐在角落，抱着南瓜，一动也不动。狗儿舔着她的脸，达莉在两个房间忙进忙出，一会儿跑去看乔伊——他听到印第安人来了，便扯掉绷带要去拿毛瑟枪，结果弄疼了伤口——一会儿回来看孩子们是不是都还安全。玛格丽特只能呆呆地看着这一切。

　　他们也对玛格丽特说了些话，可是那些话就像雨丝一样从她耳边飘过去。她已经筋疲力尽，什么感觉都没有了。

　　过了一会儿，双胞胎跑来说乔登家的平底小渔船从周日岛驶来，但玛格丽特仍然一动也不动。

　　赛斯和伊森出现在门口，面色凝重。他们看见海角上有一片白布飘扬，虽然不清楚那是什么，但猜想一定发生了什么事。

　　他们走进房间，检查乔伊的伤，一面听着达莉和孩子们解释刚才的事。

　　"你是说，她走出去把食物分给那些印第安人，然后制作五月柱,让他们围着跳舞?"赛斯的声音划破了笼罩玛格丽特的那层昏昏茫茫的感觉。

"没错,都是她做的。"她听到达莉的声音回答,"她救了我们。"

"那真是奇迹,真的。"赛斯说,"没有几个女孩这么勇敢。"

每天,赛斯或伊森送黑普莎姑妈过来,拿食物和止痛用的药草给他们。许多天后,玛格丽特终于招出圣诞夜碰见那个印第安人的事。她说得很心虚,但没有人责怪她,反而加倍地赞美她。她很高兴,但她总觉得他们口中那个勇敢的女孩好像是另一个人,不是她。

黑普莎姑妈问了她好几次:"我想不透的是,你怎么想到五月柱那玩意儿?"

玛格丽特回答不出,因为她也不知道为什么。

"我只是突然想到。"她含糊地回答。

她没有告诉他们的是,她实在很心疼那块红布,但是黑普莎姑妈似乎猜出了她的心思。

有一天,她带来那条缝到一半的百衲被,把所有的布块放在玛格丽特的腿上。

"喏,"她回答女孩疑问的目光,"我想这条棉被应该给你。"

"可是……可是这不是'喜悦之山'吗?"玛格丽特敬畏地用指尖摸着锯齿状的蓝色和黄褐色布块。

"现在是你的了。由你缝完,给你留着。"黑普莎姑妈的语气十分坚持,"你一直都很喜欢这个花样,除了你,谁还有资格拥有这东西呢?"

女孩不可置信地道谢着,黑普莎姑妈打断了她,"好了,你不准再说一个字。等你全都拼好之后,我会帮你把它们缝在一起,这就是你结婚时的第一样嫁妆。"

达莉带着孩子们来到门口,赞叹这百衲被多么美丽,布块拼得多么平整。玛格丽特的手微微颤抖着,期待自己能赶快缝下第一针。

"我真想用这件事编一首民歌,"她珍惜地拿着那些布块说,"像《花布灌木》那样。"

"也许真有可能哩,孩子!"黑普莎姑妈说,"事实上,将来说不定你自己也会被写进一首民歌里呢。我在想,有一天当我们都不在这世上了,那时有人驾船经过,看到那个海角,他们很可能会问:为什么那儿会叫'五月柱'啊?"

他们惊奇地望着她。"没错!"黑普莎姑妈又点点头说,"赛斯已经把这名字写在他的航海图上,我想它将来就叫这个名字了。"

姑妈和玛格丽特在阳光下坐着,一面干活一面聊天。孩子们也在一旁忙着,他们要建一座小花园,黑普莎姑妈送给他们一些花苗,教他们怎么种。达莉偶尔从病人的房间走出来,在门口站一会儿。

"乔伊又在烦恼他的农作物了。"她说,"他很担心埃拉无法及时赶回来帮忙,不过我告诉他,只要孩子们平平安安的在眼前……"

她突然说不下去,视线越过眼前的四个孩子,定定看着空地边缘的小墓。玛格丽特和黑普莎姑妈顺着她的目光看过去,知道她心里在想什么。

"凡是被土地掩盖的,我们一定要忘怀。"黑普莎姑妈淡淡地说。

这句话似乎随着缝针的嗒嗒声,反复地织进了女孩心里。她的脑海里不自觉也念着:凡是被土地掩盖的,我们一定要忘怀。

"是啊,我想事情就是这样。"达莉叹了一口气,走回屋内。

时序已进入六月,幸运之星号终于出现了。它曲曲折折通过外岛,往他们的海峡驶来,方正的白帆闪闪发亮。

玛格丽特正在玉米田工作,一听到雅各布跑来报告,立刻放下锄头和铲子,和他一起跑到海角。不时有人跑回去,向仍然躺在床上的乔伊通报船的位置。

"玛吉,船总共离开多久呢?"孩子们不断问她。

她数数门柱上的刻痕,告诉他们,"到明天就是五星期又三天了。"

船现在转向他们这边了。它沿着周日岛靠外海的那边航行,好避开暗礁。船的顶帆出现在树顶后方,像一片正方形的云。

它慢慢移动,好像永远都不会进港似的。

"我说呀,我一看到它,心就蹦起来了。"达莉说,"我可不能想象还得再等一天!"

早过了中午，然而他们都忘了要吃饭了。终于，他们看见舷边放下了小船，几个人坐在上面划了过来。

雅各布大喊，"在那里！我看到埃拉叔叔和凯利柏在第一艘小船上！"

玛格丽特看着他们上岸，突然害羞起来，躲在其他人身后，不敢上去迎接。她身上还是那套不像话的旧衣裳，打着光脚，而他们却曾经远赴朴次茅斯和波士顿，是见过世面的人了。

凯利柏长高了起码有半个头。他穿着一件大人的外套，马裤裤管塞进靴子里，就跟那些水手一样。他的举手投足也不同了，她看见他轻而易举地就把一个沉重的包袱甩在肩膀上。

"嘿，玛吉！"他一瞧见她就喊出来。他的声音也低沉了许多，不过那头黄褐色的头发和雀斑倒是没变。

那天晚上大家聊到很晚。雅各布和佩蒂早就睡着了，手上还紧紧抓着一位水手为他们做的木头陀螺和跳娃娃。每个人都有礼物——布料和针线是给达莉的，两个双胞胎各得到一个瓷马克杯，而凯利柏给玛格丽特的是一个木盒，盖子上画了一只小鸟。

"我本来打算给玛吉买一些纱线或印花布。"埃拉说，"可是凯利柏却坚持她会比较喜欢这玩意儿。"

凯利柏脸上微微一红。

"因为……它看起来像是外国的鹦鹉。"他只能挤出这句话。但是他倒不厌其烦地叫她注意盒盖上巧妙地镶着一颗玻璃珠，代表鸟的眼睛。

"它真漂亮。"玛格丽特高兴地对凯利柏说,"我得随时把它放在屋里,不然外面的鸟看到它的羽毛那么漂亮,会嫉妒的。"

她几乎舍不得把它收起来。同时她也想一直盯着放在架子和碗橱里的那些好东西。埃拉说航程非常顺利,船长也很满意他的工作,因此等到秋收结束之后,船长还会雇他出海一趟。如此一来,他就可以存一笔钱盖房子,有了房子便能和艾比结婚了。他送艾比的东西是一枚珊瑚胸针,达莉认为那简直是挥霍到了极点。

玛格丽特和孩子们钻进被窝之后,其他人还聚在乔伊的床边说了很久的话。从房门口透进来的只字片语,玛格丽特猜达莉正在绘声绘影地说那次印第安人袭击的事。

她的眼睛差不多快要合上了,但是一直要等到她听见埃拉和凯利柏爬上阁楼,木板发出咯吱咯吱的熟悉声才放心地入睡。

选　择

幸运之星号要在他们的港里再停泊一天，装些清水，顺便让船员休息休息。孩子们清晨就起床，急着要看船还在不在。玛格丽特和他们在晨曦中溜出家门。在蒙蒙的天光中，海水像一匹银灰色的布，而停泊在海上的船只是个黑色的影子。帆已经全部降下，绳索和桅杆像画在天空的黑色线条，看起来这么安详地停泊在这个港湾，好像它一直都在这儿似的。不过她知道，明天之前，它就会消失了。

早餐桌上重新出现满碗满碗的玉米粥和糖蜜，还有凯利柏一大早就跑去钓来的鲜鱼。没多久，海峡里出现了点点船影。周日岛和东边、西南边的邻居都过来打招呼。

威尔家来的人是提摩西和艾比，而史丹利一家子都挤在那艘老旧的平底小渔船上。赛斯和伊森早就登上幸运之星号，与船长、大副做起了买卖，要用新鲜的粮食交换对方从波士顿带来的货物。

埃拉和凯利柏原先就说好要带孩子上船瞧瞧。玛格丽特也想跟去,然而床上的乔伊此时却叫住了她。

"玛吉,我有话对你说。"他的表情非常严肃,使她紧张了起来。

乔伊本来就沉默寡言,和玛格丽特交谈的次数尤其少。自从他发生意外之后,他们更是几乎没说过话,因为她忙着照顾孩子,屋内屋外跑,甚至没有时间好好看他一眼。

现在他躺在"日出"图案的棉被下,看起来体力已经恢复了不少,只是脸颊和眼眶仍然凹陷着。看着他那双长茧的大手既没拿着斧头也没拿着犁,而是无所事事地摆在棉被上,感觉有点奇怪。

"玛吉,你现在多大了?"他问。

"十三岁,十一月就满十四了。"

"对了。我买下你时你十二岁,你要在我们家待六年,直到十八岁为止。你记得我们在玛布岬签约时是这么说的吧?"

她感到奇怪,但仍然点点头,等着他继续说下去。

"玛吉,你一直是个好女孩,而且也很勇敢。我没有说出来,但是我看得到。你的勇敢远远超过了你的年龄。"玛格丽特听了,不好意思地脸红起来。

他微微顿了一下,又接着说:"我已经和达莉、埃拉讨论过了。我们应该想想怎样对你比较好,我能想到的,就是有机会时便让你早点回家。"

"但是我已经没有家了。"

"我知道,我的意思是让你回到属于法国的地方。事情是这样的,幸运之星号要前往圣劳伦斯和魁北克。我们正在和法国人打仗,不过这艘船可以通过战线,因为它运载粮食。船长愿意带你一起去。"

"到魁北克?"

"对。它是法国人的土地,而且那里有一所修道院可以照顾你。我想如果你愿意,他们也会安排送你回法国。"

"你是说,我不必再照着契约为你工作了吗?"

"没错,我还你自由了。我会请大副写一份文件,让这事真正合法。'幸运之星'一涨潮就要出发了,所以你还有一个小时可以准备。"

"哦,你对我太好了! 你真的太仁慈了!"玛格丽特情不自禁地抓起他摆在床上的手,送到唇边亲吻———一项她差不多忘光了的法国礼节。"我不会忘记你的恩惠,不过……不过我必须先想想。"

"当然可以。"他说,"只是不要想太久。记住,这个机会很可能不会再来。"

玛格丽特向门口走去,感到自己的头像蜂窝里的蜜蜂一样嗡嗡作响。她还没想通这件事,然而海滩上棕色的海带和浮木被水淹到之前,她就必须做出决定。潮水已经开始涨了,老马礁边缘的岩石已经被淹没。

她走出门槛,南瓜站起来,挨蹭着她,用嘴摩她的手,湿湿的鼻头闻着她的手指。它的毛里缠了一些小树枝和刺果,她弯腰把它们挑出来。

"小家伙。"她说,"你一定很高兴吃了一顿丰盛的早餐,是不是?"

它跟着她走到海角,和她一起坐在地上。身旁的御膳菊已经探出星形的花瓣,等到七月下旬就会结出鲜红色的浆果。想到孩子们将会摘下这些花,照着她教的方法编成花环和项链,而她自己却不在他们旁边时,她的心刺痛了一下。还有,农作物收成的时刻,接枝的苹果树第一次结果的时刻,也都不会再有她了。

她又看见那根倒地的五月柱,已经半掩在落叶和野花之间。自从它倒下来以后就没有人再动过它。她仿佛看见它当天的样子,看到布条在上面飘动,还有她强迫自己和孩子围着它跳舞时,心跳几乎爆炸的感觉。

她从衣服里掏出奶奶的金戒指,用两手紧紧地握着,好像它会告诉她该怎么做似的。奶奶一定希望她回到法国,和同胞生活在一起,她很明白这点。奶奶要是知道孙女住在这样一个地方,名字变成了玛吉,而且一年来没有踏进教堂,也很少祷告,那绝对会让奶奶伤心的。

只要回到修道院,那一切就会回来——她的信仰和祷告,她的刺绣技巧,她的法文——一切旧有的那些东西。

乔伊说魁北克有一所修道院。她想起以前勒阿弗尔的修女的确提过这么一处地方。那是由一些信仰最坚定的修女们渡过大西洋前来建立的。

是的,她会很愿意再和修女一起生活,安静地走动,随着礼拜堂的钟声规律地起居休息。那是一种很美好的日子,不过……

孩子在下方海角的叫喊声打断了她的思绪。她叹了一口气,转个方向坐着,好像不愿意她的思绪被这些吵闹打扰。

周日岛上一缕轻烟从乔登家的烟囱冉冉升起,她晓得黑普莎姑妈一定在炉火边忙碌。她只要闭起眼睛就能看见那个厨房,看见老婆婆在锅边、纺织机或棉被框上忙着。即使勒阿弗尔修道院的修女也没有一个像黑普莎姑妈这么仁慈又有智慧。

她怎么能够离开呢?那条蓝色和黄色的百衲被还没拼好,还有那些夏天的羊毛还等着要纺成纱。还有,如果她离开,她就再也看不到那片山坡草地上粉红色的山月桂花,再也听不到黑普莎姑妈唱《花布灌木》了。

孩子们从水面上招手,喊着玛格丽特,他们尖锐的声音清楚地从空气中传过来。埃拉和凯利柏正用船把孩子们送回岸边。南瓜站起来叫了一声算是回答。她也不自觉地站起来。

他们一定饿了,而且凯利柏一定钓了鱼,她得去张罗。她转身踩着凹凸不平的地面走回屋子,她的赤脚认得每一个坑洞和树根,走这么一小段路根本不必低头看。

幸运之星号正在升帆。有些人攀在桅杆上,有些人在甲板,小船在船和海角之间来来回回。船上的锚已经扯紧,准备收起来了。她想到当它离开这块水域,而她自己站在船上的模样,突然感到又冷又寂寞,好像她已经死了,而这个她曾经所属的地方则会继续活下去。

"玛吉!"孩子们跑上陡峭的海岸,向她跑来,"凯利柏说你要离开,但是你不会,对不对?"

雅各布第一个跑到她身边。他上气不接下气,一张小脸涨得通红,使额头上锯齿状的疤痕显得更白。

"你不会跟着船离开吧?"他喘着气,抓住她的手,喊道,"你不会的,你说呀!"

"不会。"她平静地告诉他,"我会留在这里,帮你们做晚餐。"

已经是傍晚了。幸运之星号终于驶离礁石和小岛群。他们一直看着它驶远,直到它的帆成为东北方一个耀眼的小点。

"玛吉,它会绕过你最向往的那座沙漠山呢。"埃拉指着那儿,说,"你确定你不会后悔没上船吗?"

玛格丽特摇摇头,淡淡地笑了一下。

"妈说你有机会却没有把握,真傻。"苏珊挨近她说,"不过妈很高兴你没有走,我也是。"

"我也是!"贝姬说,"凯利柏,你也很高兴,对不对?"

"也许我高兴,也许我不高兴!"他说着,做出一个玛格丽特从前最害怕的鬼脸。"但是不管怎么说,她比你们全部加起来都懂事!"

等到其他人走回家之后,玛格丽特仍然站在海角。空气中传来海水的腥味和新鲜月桂叶的辛辣气味。太阳马上就要沉到岛屿后面了,就在它消失前的那一刻,沙漠山的丘陵会显得特别苍蓝——她想,就和她棉被上的"喜悦之山"一样蓝。

"世界文学名著青少版"丛书

"世界文学名著青少版"丛书由台湾东方出版社股份有限公司授权,

上海九久读书人联合上海文艺出版社共同策划。

历险经典

动物文学经典

科幻经典

励志经典